别成为陌生人

[美] 乔纳森·考泽尔___著
（Jonathan Kozol）
梅　静___译

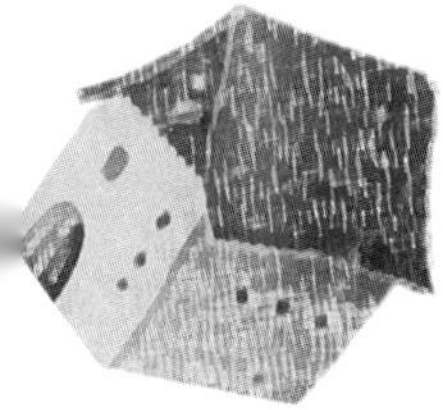

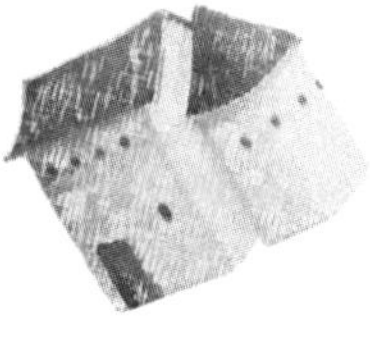

中信出版集团 · 北京

图书在版编目（CIP）数据

别成为陌生人 /（美）乔纳森·考泽尔著；梅静译
. -- 北京：中信出版社，2017.6
书名原文：The Theft of Memory
ISBN 978-7-5086-5400-3

I. ①别… II. ①乔… ②梅… III. ①纪实文学－美
国－现代 IV. ①I712.55

中国版本图书馆CIP数据核字（2017）第049999号

别成为陌生人

著　　者：［美］乔纳森·考泽尔
译　　者：梅　静
出版发行：中信出版集团股份有限公司
（北京市朝阳区惠新东街甲4号富盛大厦2座　邮编　100029）
承 印 者：北京华联印刷有限公司

开　　本：880mm×1230mm　1/32　　印　　张：9　　字　　数：160千字
版　　次：2017年6月第1版　　印　　次：2017年6月第1次印刷
京权图字：01-2015-7318　　广告经营许可证：京朝工商广字第8087号
书　　号：ISBN 978-7-5086-5400-3
定　　价：49.00元

服务热线：400-600-8099
投稿邮箱：author@citicpub.com

献给马修

并向他致以最诚挚的感谢

The Theft of Memory

目 录

The Theft of Memory

致读者

这是一本关于我父亲的书。父亲生于1906年，7年前，也就是2008年去世。这也是一本关于回忆的书。诚然，我并未严格按照时间顺序来讲述这些或许不便查阅、或许还有些混乱的回忆，也不想去掩饰这样的回忆。

我对父亲一生的回忆，并不像列队朝目的地行进的士兵那样，一个接一个地出现在我脑海里，这些故事大多源自父亲或母亲告诉我的某些往事。此外，在我发现父亲留给他自己和其他医生的文件、信件和备忘录后，也会突然由此想起一些往事。那些资料中的大部分，他都没有机会在记忆衰退前好好进行一番整理。因此，他的经历总是以一种并非完美契合的碎片方式展现在我面前。而且，我也没有刻意将它们排出一个顺序。

关于回忆的其他问题（包括父亲提出的问题，以及精神病学家们如何以更引人注目的方式提出的问题），我会在它们逐一显现出来时分别予以说明。不可避免的是，不确定性依然存在，我还是得学着接受这一事实。

第一章

患病之初

1994年，我父亲88岁。

也正是这一年，他被诊断出患上阿尔茨海默病。父亲是一位神经病学家，在精神病治疗方面经验颇丰，还在哈佛大学一家大型教学医院任教多年。为他确诊的医生，正是他曾经的学生。

他记忆力出问题的先兆约出现于4年前。有时，他绞尽脑汁也记不起某个熟人的名字；有时，他会突然忘记打算用来说明某个观点的一组论据；有时，他还会在原本具有说服力的说话过程中突然变得语无伦次。

但父亲社交能力极强，每次都能轻松化解那些尴尬瞬间。面对自己的错误，他会先自嘲地一笑，接着也许会递给我一杯白兰地，然后坐下来问问我工作怎么样；有时，他也会跟我聊聊正在看的一本书，或分享一件工作中碰到的趣事。

因为喜欢不慌不忙地卷烟，所以他有时会点燃烟斗。香烟袅袅、萦绕他周身的模样，常让我想起多年来那些给我带来安宁和抚慰的父子谈话，以及父亲在言谈间流露出的那种轻松、自信和冷静。

父亲和母亲住在波士顿。自 1991 年起，他晚上到附近的科普利广场散步时就开始迷路了。三个小时后，回到家的他或许会声称自己跟一对前来观光的夫妇交上了朋友。那对夫妇不是来自伦敦，就是来自日内瓦。或者，他会说自己去了公寓附近那家布登勃洛克书店，跟在那碰到的一名留学生聊了会儿天。当然，他要是出去得太久，母亲肯定会非常担心。我想，他那些有趣的描述，多半都是为了让她安心。

尽管有时会精神错乱，父亲仍旧每天非常努力地找事情做。他一直致力于追寻某些病理行为在精神病学上的起源。因此，虽然他那时已不再行医，却决定完成一些论文，总结多年研究所得。我有个朋友[①]在当地大学担任助教，他不仅帮助父亲组织思路，还会帮他梳理字句，让文章读起来更加流畅。有时，如果父亲提出要求，我也会帮他一起整理。

---

① 这位帮助父亲整理文稿的助教就是迈克尔·迈耶。他既是一名诗人，也是一位宗教学者，与我父亲相识多年。因此，在父亲患病之初，两人之间便已建立起信任的纽带。

然而不久，父亲就因为坐立不安无法再集中精神了。工作一两个小时后，他便会把那些材料推到一边，从桌前站起身来，披上夹克（要是天冷，还会穿上大衣），穿过门厅，径直走到附近的大街上，开始另一段晚间之旅。

1992年的一天晚上，父亲把我叫进他公寓的一个房间——这里一直用来存放他那张老诊断桌和以前办公室里的一些东西。他说要跟我商量些事，但他还没想好要不要把这些话告诉母亲。[①]

他关上门，我们刚坐好，他就立刻滔滔不绝起来。他的用词十分形象，比如，那些被他称为“更新、更具体的迹象”，显然都是“神经学”上的问题。他再次确定门已经被牢牢地关上，之后才开始跟我解释他所谓的“更新、更具体的迹象”是什么。

他说他中了“咒语”，接着又说这种被他称为“遗忘咒语”的东西并非记忆丧失，而是某种“信息的完全重组”。这些“阵发性的意识中断”，都被他视为“突然与外界中断的联系”或“一次明显的‘能力’障碍”，持续时间“或许只有一毫秒、几秒，或稍微再长一点儿”。他说，这些情况出现前，都会先有某

① 父亲虽然不愿把自我诊断的结果告诉母亲，但他随后还是会选择一个适当的时机跟她讨论此事。在我看来，这是个信任问题。所以，我决定不催促他。

种“迫在眉睫的危险预兆”，类似癫痫发作前的预警。

遇到这类事件，人们惯常的反应是迫切地为自己考虑，而父亲言谈间的口气，却仿佛在努力与之拉开距离。如此一来，他才能像个饶有兴致的观察者一样，淡定从容地谈论它们。

“作为一名神经病学家，我可以做到精确定位。”

他不仅这么说，而且认为他观测自身的这些记录对临床医生和研究人员们来说是有潜在价值的。因此，他把那台曾经用来记录口述病人情况的录音机插上电，开始记录我们接下来的谈话。

他说，那些遗忘咒语是“大脑皮层和海马区细胞退化的明显标志”。他伸出手，为我指出了海马区的确切位置。此外，照他的说法，那种“转瞬即逝”的“血管现象”，极有可能就是他阵发性意识中断的原因所在。

他甚至用更具体的细节描述了发作前那种“迫在眉睫的危险预兆”。他说，那是“一种极其罕见且极不舒服的热感，一种似乎被某人或某种力量强迫着的，从我的额头、眼睛……一路往下蔓延的‘闷热’”。还有种让我更加难忘的说法：“一种即将侵犯我的自主性、马上就要切断我与现实世界联系的感觉。”

父亲告诉我，每到此时以及随后丧失意识的那段时间里，他都会突然看见“一束极其明亮的光”，就像“车站里，火车头突然打下来的那种光一样”。不过，在回想片刻后，他把之前描述中的单数改成了复数，“不，不止一束光，是很多束光”。接着，他一步接着一步，更加细致地回忆那种经历。

他说：“现在，我能更清晰地想起那种感觉。那不是一束静止的光，而更像无数以某种频率、均匀上喷的闪电。我得告诉你，那场景可真把我吓坏了。”

这是他第一次在谈话中承认，自己对该经历感到震惊。

“那些闪电就是预警信号，表示神经元或神经元之间出现了异常的脑电活动。这种活动或许会很快结束，也有可能持续一段时间。就我的情况来看，它很快便结束了。”

他回忆说，该现象最近一次出现的情况是：“一开始发作，我就感到异常寒冷，上嘴唇全是冷汗。你母亲当时跟我在一起，她能看见我浑身都在颤抖。”

我问他当时在哪儿，他说：“我们正在一家餐馆吃晚饭。”随着那场攻击渐渐平息下来，他继续说，“我听见有人大喊了一句：‘哈里，你听见我说话了吗？’”尽管母亲意识到他不太对劲儿，他还是没把刚刚经历的一切告诉她。他说，因为“你母亲没完没了的担心，可比海马体或许给我带来的灾难糟糕多了”。但愿他说这些话的时候，母亲没在门外偷听……

说了这么多，他似乎松了口气，陷入一种更趋向于沉思的状态，语气中虽少了之前的那种警示感，却又多了几分谈话之初深思熟虑的味道。据他推测，他刚才回忆的那种光电现象——那些“以某种频率、均匀上喷的闪电”——“可能源自枕骨”，或说得更确切些，“源自枕骨后部”。接着，他仿佛把我当成他生理学课堂上的学生，详细解释道：“枕骨就是我们的大脑产生视觉体验的部位。”

他说：“这真是个让人困惑的部位，我从未在任何病人身上发现过它带来的麻烦……”

那时，我曾毫不犹豫地建议，这些话他或许应该找个同事说。我也问过他，他试图担任自己的医生是否真的明智。

他盯着我看了很长时间，似乎在搜寻什么。他曾跟一位神经病学家讨论过很多问题。他说虽然打算跟他谈谈此事，但还是想借此机会，自己先做一番探索。

“我应该告诉过你，他曾是我的学生。”

用父亲的话来说，尽管我们提到的这个人“非常聪明”，也是“该领域一流的专家”，但他也是个“非常奇怪的家伙。就我对他长时间的了解来看，他向来都是那副拘谨又顽固的模样。过去，我经常想问问他，如此缺乏个性的生活到底是种什么感觉”。

最后，父亲以一种既非争辩又不带丝毫怒意的口吻，简单而坚定地告诉我他会找个时间去见他。

“我希望，你别在这件事上逼我。”

父亲相信，我一定会尊重他的判断。正因为如此，他才会选择跟我而非母亲进行这场对话。

他又等了一年半，等意识到时机成熟后，他立刻给那位年轻的同事打去电话，敲定了咨询事宜。结果不出所料，他知道自己会听到什么样的话。他曾经的这位学生给出的诊断，只是确定了他已经意识到的事实而已。

第二章

最后的日子

确诊之后，父亲又在家中住了两年。随着他的记忆力越来越差，人也越来越心神不定。那两年，母亲真是过得很不容易。帮助父亲整理著作的友人开始住在我家，以减轻母亲的压力，同时与母亲共同处理父亲的困惑。

有时候，父亲似乎是完全清醒的，依旧灵敏而健谈。情绪平静时，他也能谦和有礼地对待母亲。尽管两人的关系越来越紧张，母亲还是不想失去父亲。

但 1996 年的一个雨夜，父亲晕倒在公寓外的大街上。一辆警车将他送进医院，他髋部移位。从手术的麻醉中醒来后，他几乎失去了记忆，不仅忘记现在的生活是什么样子，连自己住在哪儿也不记得了。

几周后，他想起了一些事，也隐约意识到自己的情况。但毫无疑问，那场麻醉后，他的认知能力明显减弱。手术后，他进了康复中心。之后，因为情况的急剧恶化，我只得将他送进疗养院。

这些安排基本都由我独立做出。尽管我还有个姐姐，但她40年前就已搬离波士顿，和丈夫在中西部地区定居。她的两个孩子如今都已成人，但她丈夫那边还有个大家庭，无数责任和义务让她根本无暇顾及远在马萨诸塞州的这些事。除此之外，父亲也任命我为他的合法监护人，让我逐渐适应各种事宜：从选择合适的疗养院、计算必要开支，到之后做出攸关他健康的一系列决定。当然，做其中的大部分决定时，母亲都会尽力指导我。

在随后的一个月里，母亲把我叫回家，帮助她整理父亲的信件和一些别的文件。数年前，他曾把大多数病例和与其医疗事业有关的文件寄放在我家。如今，它们仍躺在那些密封完好、我从未开启过的箱子里。但在客厅一角的那个金属档案柜里，他还放着一些别的文件。

浏览这些文件时，我找到一张父亲儿时的照片。照片是1912年拍摄的，当时，6岁的他穿着紧身裤和长袖衬衫倚在他父亲身旁。他父亲穿着一身颇为正式的西装，圆领衬衫上还打了个又大又厚的领结。父子俩手牵着手。如今，照片边缘已经泛黄。

我母亲比父亲年长。父亲进疗养院时已 90 岁，母亲则已 92 岁。她虽然身体越来越孱弱，却仍是个相对健康的女性，头脑清晰，思维敏捷。但在父亲不得不进疗养院的那一刻，我在她眼里看到了从未有过的失落。那周晚些时候，我们同坐在她卧室时，她的目光越过我，远远地投向窗外，穿过河流，越过剑桥的无尽蓝天，久久回不过神来。我只得提高音量，她这才意识到我还在跟她说话。我把找到的那张照片给她看，她说："你祖父很英俊。但我见过的男人中，还是你父亲最帅。"

拍摄这张照片的 10 年前，我的祖父来到了美国。当时还是 20 世纪初，父亲进疗养院时却已近世纪末。祖父在乌克兰的一个村庄长大。当时，乌克兰还是俄国的一部分。他到美国两年后，我的祖母也登上了一艘从鹿特丹开往波士顿的船。

祖母抵达美国时，祖父虽然已是一名裁缝，却几乎挣不到什么钱。因此，她想方设法地租下一间小店面，卖些鸡蛋、牛奶、冰棒，以及当时有"补药"之称的苏打水和其他杂货。我至今都未弄明白，她到底是如何办到这些的。小时候，我住的地方离祖母很近。她住在罗克斯伯里的西弗街，周围几乎都是犹太人。直到最近几年，这种情况才有所改变。我进哈佛念大学后，有时也会在周五晚上去看她。

在我看来，祖母就像一个从《圣经》里走出来的女人，她为我点亮前行的烛火，为我祈祷、给予我祝福和丰盛的晚餐。即便我已经21岁，她仍会在离别时往我口袋里塞好时巧克力。

1964年，成为波士顿公立学校的一名教师后，我会偶尔在下午或周末时带着学生去她家。我的学生都是黑人小孩。祖母搬到这片社区时，还很仇视黑人。所以，刚看到我的那些学生时，可把她给吓坏了。但八九岁孩子的天真烂漫和甜美可人，很快便消除了她的偏见和恐惧，他们用纯真赢得了她的心。她替他们做美味佳肴，像宠爱我一般宠爱着他们。当然，他们也会得到好时巧克力。

偶尔，我也会带学生们去我父母家；祖母去世后，就去得更勤了。母亲越来越喜欢某些孩子，有时还会约几个女孩子一起逛街，然后再把她们带回家喝茶。后来，父亲曾帮助我的一些学生进入大学。

20世纪60年代，我的很多朋友都是政治反叛者，似乎都一度背叛了自己的家庭。和他们一样，我也常常强烈反对父亲的观点，有时还会给他带来不必要的烦恼和意料之外的伤害。偶尔，他也会对我十分苛刻。但即便20世纪60年代末到70年代初，我的政治信仰发展到最激进强烈之际，我也可以十分肯定，且毫不夸张地说："感到不安之时，我仍然能向父亲求助，他永远都会坚定地向我伸出援助之手。”

然而，岁月流逝，我发现自己卷入了越来越多的政治辩论，也不得不经常出差，有段时间我并没有经常去看望父母。那也是我一心著书的几年。写作让我没有时间（或者说，给了我认为自己没有时间的借口）给予父母他们应得的关注。

如今，父亲进了疗养院，母亲则越来越足不出户，在护工们的照料下成天待在家里。我对前几年错过跟他们在一起的机会而感到悔恨不已。父亲辩才渐失时，我最想做的事，却是跟他说话。但随着他的记忆力越来越差，近年来发生的一些大事似乎全被他忘掉了，我只能竭尽所能帮他回忆往事。

父亲的一生丰富而多彩。他曾在职业选择的重要时刻，做出极有戏剧性的转变。他童年的大部分时光都是在南波士顿度过的，因为祖父母从俄国来到这里后，首先便在那里安顿下来。随后，他在罗克斯伯里度过了少年时代，就读于波士顿英语高中。1923 年被哈佛大学录取后，身为大一新生的他靠在波士顿南站做冷饮柜台售货员来维持日常开销。因为住不起学校里的宿舍，所以那年他只得选择通勤，住在罗克斯伯里的家中。上大二后，父亲开始住在哈佛园的斯托顿堂，替有钱的同学辅导。照他的说法，那些人经常旷课，“喝得烂醉如泥”，似乎离了他就没法通过考试。

大学期间，父亲沉浸在了文学的世界中。他告诉我，他尤其钟爱伊丽莎白时期的诗歌和戏剧，却主修心理学，大四的大部分时间，都在一个名叫“麦克莱恩”的精神病院实习。在此期间，他还以照顾一名精神分裂症患者的经历为基础，写下了名为《宗教与疯狂》[①]的荣誉论文。

尽管很想继续研究精神病学，但迫于祖母的压力，大学毕业后他直接进入了哈佛法学院。祖母希望他能效仿他的哥哥，提前一年结束学业。某一年夏天，他靠奖学金去了趟欧洲。在那里，他不仅有幸一窥精神分裂症专家们的工作，还在瑞士一家疗养院见到了“精神分裂症”一词的创始人——伟大的精神病学家欧根·布洛伊勒。接着，他又在巴黎萨尔佩替耶医院，跟癔病研究领域代表人物、老年神经病学家皮埃尔·雅内探讨之后，终于决定放弃法学院，重返哈佛本科学院，异常艰辛地学了两个学期化学、生物学和有机化学。那年年末，他进入哈佛医学院，开始了另一段漫长而艰辛的求学生涯。

在法学院待了两年后再次辜负祖母的期望，对父亲来说并不容易。就因为见过两位年长而卓越的欧洲医生，对他们谈及的精神病理学着迷不已，便决定放弃现有的学业，从头学习进

---

① 1927年，父亲在著名变态心理学专家莫顿·普林斯医生的指导下，完成了这篇毕业论文。1926—1928年，莫顿·普林斯医生在哈佛大学任教。

入医学院必须掌握的基础科学课程，在老师和祖母眼里，这似乎都是太过冒险的举动。然而，父亲还是义无反顾地走上了那条路。不知为什么，这一冒险举动似乎真的激发出父亲足够的精力和才智，让他不仅获得了最后的成功，还在随后的数年里功成名就，荣誉等身。

父亲的经历让我更加尊敬那些并不那么墨守成规、不会非要提前知道自己此生会去向何方的人。他致力于脑损伤与肿瘤诊治多年。与此同时，在试验一种名为“苯妥英”的药物期间，他跟现代神经学先驱——杰出的斯坦利·科布和以专制出名的新西兰裔神经病学家德雷克·丹尼–布朗的接触也越来越多。事实证明，该药物在预防癫痫方面取得了重大突破。随后，他在精神病实践方面的研究兴趣越来越浓。据父亲以前的同事说，他是一位诊断能力超凡，又极其敏锐的医生，神经病学上无论多么复杂的病情，都能被他抽丝剥茧，逐一击破。

比如，很多著名艺术家、作家和学者都是他的病人。尤金·奥尼尔生命的最后几年里，这位剧作家和妻子——前演员卡洛塔·蒙特雷——搬到波士顿，住在我父亲的办公室附近。父亲行医的那间小洋房位于湾州路。1951年春，他们住进了父亲办公室斜对面一家小旅馆的套房。奥尼尔此时已患上一种神经性疾病，该病呈现出的震颤反应曾一度让他被误诊为帕金森病[1]和严重的抑郁症。从那时候起，父亲每天都会去给奥尼尔诊治，直到1953年他因肺炎逝世为止。

父亲每天都会详细记录奥尼尔的精神状态，也留下了很多谈话记录。从那些谈话记录中可以看出，两个人越来越投缘。后来，父亲把那些记录都交给了我。当然，父亲比奥尼尔年轻得多，而当时的他，看起来甚至比实际年龄更年轻。病人和医生间发展出这般亲密的关系，或许是始料未及的，尤其这个病人据说还是矜持寡言、在感情方面颇为内敛的奥尼尔。让我备感惊讶的是，从某种方面来说，他似乎将父亲视为弟弟或儿子。在成为父亲病人的大约8个月前，奥尼尔的一个儿子自杀了。此外，他跟另一个儿子和唯一的女儿也早已疏远。跟我父亲的亲密接触，对奥尼尔来说，也许是某种形式的补偿。

我依然十分清晰地记得父亲讲起奥尼尔时，那种虽然兴奋，却往往苦恼的样子。他也常跟我讲起和奥尼尔妻子打交道的挫败感。我还记得，那个女人经常和她的丈夫争抢父亲的时间和忠诚。

我也记得奥尼尔在波士顿附近的一家公墓下葬时的情景。

---

① 父亲认为，从奥尼尔的家族史来看，这种震颤反应主要是某种神经退化的结果。而且，这种退化似乎具有遗传性。1953年11月28日，应卡洛塔的要求，对奥尼尔做出的尸检和神经病理学评估均未发现任何帕金森病的证据。神经病理学家这样写道：“他不时服用的各种控制帕金森病的常见药物，无疑加重了他的病情。”

那是12月的一天，到墓地悼念的只有三个人：奥尼尔的护士、我父亲和他的妻子卡洛塔。奥尼尔在纽约的亲密同事一个都没来。后来，父亲告诉我，那是因为卡洛塔遵循丈夫希望葬礼简单而私密的遗愿，没有邀请他们。[①]

奥尼尔死后，用母亲的话来说，无论从持续时间还是从爆发强度来看，父亲度过了一段几乎快达到临床标准的悲伤时期。

“我握着他的手腕，感受到他的脉搏越来越弱，心脏渐渐停止跳动。”父亲在当时的一本备忘录里这样写道，“我不想让他死，我感到一阵绝望……”后来，《长夜漫漫路迢迢》[②]开始在波士顿上映后，父亲带我和我的一个大学同学去看，却心烦意乱地中途离开了剧院，以平复他悲伤的心情。

20世纪90年代初，父亲对奥尼尔和其他病人的记忆时有时无，变得越来越不可靠，但他对在三四十年代，神经损伤领域的记忆却几乎完好无损。直到跨越脑损伤和麻醉画下的那条分界线，从发病早期进入深度脑退化后，他的那部分记忆才急转直下。

---

① 关于尤金·奥尼尔之死，父亲在1953年11月30日的备忘录中这样写道，“11月27日，星期五下午4点39分，尤金在其谢尔顿旅馆套房的床上与世长辞……那天早上，我已经预测他撑不过日落，事实果然如此。”父亲还写道，导致他死亡的原因是支气管肺炎。奥尼尔的葬礼于1953年12月1日在波士顿的森林山公墓举行。

② 美国剧作家尤金·奥尼尔剧作。——译者注

他那次受伤前，我们还有过一些让我颇为触动的对话。他曾向我解释，为何最近的记忆会越来越容易受到影响，而很多较为久远的记忆却不仅容易想起，还无比鲜活，仿佛那都是他刚刚经历过的人与事一般。比如，他记得小学一年级跟他一起玩耍的那些男孩，还记得 20 世纪 20 年代他在哈佛最敬仰的老师——艾尔弗雷德 · 诺思 · 怀特黑德[①]、威廉 · 麦克杜格尔和当时的哈佛大学校长，也是父亲大二政府课教师的阿博特 · 劳伦斯 · 洛厄尔。

他说："洛厄尔有条大约 12 磅或 15 磅重的小狗，他会牵着它到哈佛广场散步。到了路边，他就把拐杖挂在狗身下，然后抱起它穿过马路……"

有一次，他说起曾听过乔治 · 莱曼 · 基特里奇的课。我大四写论文时，乔治的注释版莎士比亚曾帮过我大忙。于是，我很自然地问他是否有机会结识此人。

"没有，"他说，"我记得，那是个很大的讲座班。当时我才大二。现在想来，或者我也可能才大一，根本没勇气跟他说话，也完全想不出该说什么。"

---

① 父亲说，他于 1924 年上过怀特黑德教授的哲学课。此外，他还说自己有时会跟其他学生一起，在周日下午登门拜访教授。不过，这一点我无法证实。

但数年后，父亲和母亲前往苏黎世看望布洛伊勒医生时，在日内瓦看见了这位“伟大的教授”在湖边散步。

“他就在我们前面，我多半一直盯着他看，但就是没有鼓起勇气介绍自己。他对我说：‘小伙子，大胆说吧！’我才说：‘我还在念本科时，曾经上过您的课。’他对我们很友好，还带我们去喝咖啡，甚至还推荐了一家不错的餐馆。他说：‘那的价格也不会贵死人！’但等我们透过橱窗往里望，还是发现那真是太贵了……”

重新回忆起这些细节，给父亲带来了很多乐趣，即便他发现自己已经开始忘记最近发生的很多更重要的事。但让我尤其触动的，还是他关于医学教学和神经功能评价术语的记忆。因为，过去他常常用那些术语来形容自己的情况。

即便住进疗养院后，父亲仍保留了部分谈论大脑机能的能力。无法找到需要的词语时，他似乎也不是特别恼怒，反而像个科学家一样充满好奇，饶有趣味地在自己身上辨认多年前的观察所得。我可以想象，20 世纪 50 年代他带着一群年轻医生在波士顿城市医院或麻省总医院（在波士顿，该院常被简称为 MGH）巡房的情景。他会领着众人，在一张又一张病床前逐一讨论那些病例，然后停在一个最典型的病人跟前，详细阐述某个观点。即便在某种情况下，那个病人是他自己，他也会这么做。

此类经历对我产生了两个影响。它们让我更加尊敬他超越眼前困境，至少找到尊严和某种精神力量的能力。要知道，在同等情况下，其他人或许已陷入自艾自怜的境地。不过，这些经历当然也暗示着未来可能出现的治疗方式。据我所知，他对大脑功能的观察不可能永远持续下去。很快，他就从医生的岗位上退了下来，但仍继续作为一个病例，供其他医生观察研究。

父亲髋部的伤势痊愈后，他能在没有护士和护工的帮助下站立和行走。天气好时，我会带他沿着疗养院旁边的那条小径散步。小径旁那条绿荫掩映的小溪一路蜿蜒进一个小河湾。大大小小的鸭子在里面游来游去，争抢着孩子们投向水面的面包屑。我们会沿着灌木丛和空旷的田野走上差不多半英里，然后爬上一处小坡，那里有座旧石头教堂和一片苹果林。

这些愉快又悠闲的散步时光让我想起了很多童年的记忆。我 10 岁左右时，我们住在波士顿以西约 10 英里的地方，父亲常在傍晚时分带我到家附近散步。如今，那片区域已经彻底成为郊区，但我还在上幼儿园时，那里更像一座乡间度假村。我家街对面有座萧山，有头名叫黛西的奶牛总在那吃草。我 7 岁时，黛西所在的这片草场被三间砖房瓜分了。到 20 世纪 40 年代，附近几条街区的绿化带边纷纷建起看上去造价不菲的仿都铎式房屋。以前，那里都是农场或大型地产。有些仿都铎式房屋气派非凡，相当漂亮，就跟已有百年历史一般。不过，其他街区也有一些现代的迷你豪宅。那些宅邸都建在精心规划过的草坪上，带有明亮的露台和游泳池。它们坐落在那片区域，显得过于庞大而奢华。

父亲有根两侧钉有铜质纪念章的手杖，那是他数年前去瑞士拜访布洛伊勒医生时得到的。我们散步时，他很喜欢拄着它，“啪嗒啪嗒”地走在人行道上。有时，他会停下来，用它指着我们经过的某座房子，告诉我屋主的一些逸事。有一次，他指给我看一个私酒走私犯家庭的房子。他说，20世纪20年代，财政部官员在马布尔黑德附近的海滩“射杀”了这家的某位成员。但从此以后，这家人却名正言顺地拥有了一家酒类进出口公司。说起这些人时，父亲并没有半点贬低之意，而是客观地讲述他们精彩生活里的种种起伏波折。

附近的很多人都会在自己或孩子们遇到麻烦时，前来寻求父亲的专业协助。因此，有些家庭不同寻常的关系，父亲知道的比他能泄露的更多。但或许因为我还小，所以父亲跟我分享的东西，总是比跟同龄人分享的多一些。

在我的记忆中，他会以一种极具小说特性的方式，向我讲述自己对其中某些家庭私生活的观察，仿佛这些人都是托马斯·曼、契诃夫或福楼拜笔下复杂的主人公一般。讲起那些集聚了大量财富、生活却在极短时间内每况愈下的人们时，父亲的描述方式非常丰富，时而扼腕叹息，时而充满悲悯，有时又会温和地嘲讽几句。

父亲在那段职业生涯中的思想状态曾受到一些事情的影响。随后的几年中，母亲曾向我解释过当时的某些背景，她说正在从事的工作和上门求诊的病人让父亲越来越矛盾。慕名前来的病人中，有些还是从其他城市长途跋涉而来。

此类病例中，很多都涉及至少两位家庭成员之间的关系。他们或许彼此充满关怀和保护，却也会表现出明显的恶意或残暴行为。与此同时，在这些错综复杂的家族病理学案例中，也可能存在脑肿瘤之类的神经性疾病。父亲对这类病症的警醒能力与他处理其间紧张关系的专业能力一样出色。无论是处理自己与父母的关系，还是夫妻之间的关系，他显然都游刃有余。但即便如此，据母亲所说，父亲对自己在这些家庭中要扮演的角色，还是让他越来越不舒服。他觉得，换个时代，这个角色或许应该由专为特权阶级服务的宫廷医生来承担。

这并不是说他曾经违背自己要为低收入人群提供服务的责任感，更确切地说，为那些生活在波士顿最贫困的社区、入住波士顿城市医院的穷人和附属麻省总医院的波士顿精神病医院门诊部的病人服务。不过，他也在一定程度上允许自己多关注某些病人，并觉得他有义务利用自己的社交技能满足他们复杂的要求。所以，他会觉得，自己这种兼收并蓄的能力反而让他深受其害。我母亲说，这似乎就是让父亲在傍晚坐立不安，并迫使他邀请我一起散步的原因。

直到我更大一些，父亲才开始着手对奥尼尔的治疗。他对奥尼尔的依恋，以及有幸治疗和照顾这位当时最受尊敬的剧作家给他带来的荣耀感，显然大大弥补了卡洛塔带给他的挫败感。不过，她的专横仍让父亲觉得低人一等。他大部分的不适正是源自这种感觉。

对父亲早年的那些不满情绪，我一无所知。我只知道，他喜欢傍晚带我一起散步，而且散步时，他跟我的交谈也比其他时候坦率些。我们的散步向来没有明确的目的地，我喜欢那种漫无目的的感觉，我们会一直走到他不再心神不定为止。

如今，50年已经过去。现在，我们沿着疗养院旁边的小径散步时，他也会时不时地跟我聊天，并常常就引起他注意力的一些小事发表一些轻松的看法。他很喜欢看孩子们喂那些大大小小、呱呱直叫的鸭子。有时，我会带上面包，让他也喂喂它们。他喜欢看它们涌向堤岸，又因为害怕而转身游开的样子。

不过，他再也不会用小说式的语言描述这些场景了。此时，他已经丧失了连贯叙事的能力。

但对我们来说，那些时光依旧是快乐的。他会不时拉住我的胳膊，用另一只手指向一朵野玫瑰、一株大向日葵，或一只优雅地掠过我们头顶的鸟儿。他并不容易疲惫，所以我们会沿着河岸一直走到红色的夕阳完全隐没为止。

第三章

迷人的困境

住进疗养院的第二年，父亲的腿越来越没力气，所以我们散步的距离也越来越短。在疗养院内，他虽坚持自己走，有时也会接受护工的帮助。但对他来说，要是走到院外陡峭的车道和下方崎岖不平的山路，都有摔倒受伤的风险。所以，我们沿着乡间小径的晚间散步也即将结束。

父亲向来喜欢在客厅消磨夜间时光。一个冬夜，看见我走进来，他虽然非常高兴，却以为那是1912年。他先是谈起“那个高大的男人”，接着又提到一个名叫“天堂之门”的罗马天主教会。他曾对我说，这个教会令人印象深刻。南波士顿差不多只有他们一个犹太人家庭，该教会里的一个牧师还曾是祖父母的好友。

关于那个牧师，他说：“过去常在周五晚上与我们共进晚餐。他喜欢我母亲的手艺！母亲把晚餐端上桌前，他会先跟父亲在厨房来杯荷兰杜松子酒……

“有一天，他带我去看一场贯穿南波士顿的大游行。他把我举到肩上，让我能看到人群之外的一切。有个高大的男人站在一辆敞篷车里，不住地冲人群挥手。我很想知道他是谁。那位牧师说：‘你正在看的那个人是美利坚合众国的总统，就是坐在车里的那个男人，他叫威廉 · 霍华德 · 塔夫脱。’

“现在，我才意识到，那个高个子男人来波士顿多半是为了竞选连任。当时，我只有 6 岁。所以，那年应该是 1912 年。西奥多 · 罗斯福另立门户，靠麋鹿党的投票与对手平分秋色，也是在那一年。如果我没记错的话，那也是托马斯 · 伍德罗 · 威尔逊当选的原因。

“当时，我自然不知道这些，我只知道那位牧师也想让我分享当时的快乐。我很喜欢他。数年后，我曾试图寻找他，却被告知他已过世……”

如今，待在疗养院的父亲虽然记忆力逐渐衰退，6 岁时让他惊叹的种种细节，以及与那位友好的牧师打交道时被举到肩上的事，他却依然记忆犹新。

不久之后的一个晚上，我刚去看望父亲时，他似乎没有认出我，但一个护士进屋时，他却让我吃了一惊。

“我想，我还没有向你介绍我儿子吧。”他说。

他那依旧温和的声音，不禁让我想起10年前跟他在哈佛俱乐部共进午餐时，他的一位医生朋友顺道经过我们餐桌的情景。

后来，那天晚上，他还跟我讲起一个名叫丹尼·苏利万的男孩——他是父亲小学时的玩伴。他一度问我：“你看见妈妈了吗？”说起我母亲时，他不是直呼其名，就是说“你母亲”，却叫他自己的母亲“妈妈”。我想，那一刻，他多半把我当成了他的弟弟。

他看上去并不忧郁，所以跟他在一起还是很快乐的。困惑显然让他不安，却似乎并未使他害怕。而且，在疗养院中，他对周围偶发事件——比如紧急医疗事故——做出的迅速反应，还会时不时让护工们大吃一惊。一天夜里，一位前来看望病人的女士突然昏厥，看样子似乎已经进入休克状态。父亲立刻蹲下来，抓起她的手，去探腕间的脉搏。为了保险起见，他还一直守在她身旁，直到护士赶来为止。

还有一天晚上，我刚准备离开时，他突然拽住我的胳膊，用意第绪语①说了些什么。这种只有祖母才会说的语言，我已经很多年没听他说过了。于是，我问他：“爸爸，你还能用意第绪语念自己的名字吗？”他想了一会儿，接着说：“赫谢尔·勒本。”（在英文中，他的名字应该念作“哈里·利奥”。）然后，他

① 意第绪语，属日耳曼语族，大部分的使用者是犹太人。——编者注

一把搂住我，哭了起来。

“我这一生过得还行，对吗？”他问。

“是的，爸爸，”我对父亲说，“你这一生过得精彩极了。你对我们都很好。”

每次去疗养院，我都会尽量带上我的狗。因为只要有它在，父亲都能完全平静下来。这是条名叫“小淘气”的金毛猎犬，从小就常常跟父亲一起玩。它非常喜欢父亲，当然不在乎他是否清醒。

“哦，它又来了。”他会边说，边伸手去摸它的脑袋。

一天晚上，刚走到门口，我就解开了“小淘气”的皮带。它绕着走廊里的病人跑了一圈，接着便冲进客厅，跑到父亲最喜欢的沙发旁，一屁股坐在了他跟前。

它抬起爪子。

“乔纳森来了吗？”

那一刻，我还在门口呢……

见到我来，他通常都会叫我的名字。有时，他也会拽着我的胳膊，把我拉到跟前，努力望着我的眼睛问：“近来怎么样？”如果我告诉他自己之前一直在纽约，他就会非常宽容地找些我为何会待在那里的理由。他可能问：“事情都办完了吗？”或者是：

“那里的人对你怎么样？”如果看见我有些疲惫，他会催促我休息；如果看见我有焦虑的神色，他则会说：“放轻松。”

有时，到了临别之际，他会温柔地拉着我的胳膊说：“别成为一个陌生人。”十几年前，跟某些亲近之人告别时，这是他经常都会说的一句话；如今再回想起来，我想，对任何一个来家中做客的人，他其实都会这么说。

一天夜里，他捧着狗狗的头，仔细打量它。一位非常喜欢“小淘气”的护士说：“它真是个天使。”

父亲说：“我估计想不到那么远。”

护士望着父亲，很乐意听听他的看法。

“医生，如果不是天使，那它是什么？”

“正在练习成为天使。”父亲说。

然后，他依然捧着它的脑袋……

仅仅一周后，我再走进他的房间，他却似乎根本没注意到。他闭着眼，仿佛睡着了。但蹲在他面前的“小淘气”对他的无动于衷越来越不耐烦，开始舔他的手。他睁开眼，摸摸它的头，抬起另一只手中握着的曲奇逗它。最后，它几乎爬上他的大腿，一双大前爪更是干脆搭在他膝上。“小淘气”睁着那双温柔的棕色大眼睛，舌头上的口水直接滴到了他脸上。他涨红了脸，出于自卫，猛地将曲奇扔向地毯那头。狗狗立刻钻过椅子，追了上去。然后，父亲从旁边桌上的茶碟里又拿了块曲奇，继续逗它玩。看上去，“小淘气”似乎非常高兴，不仅对这项游戏热情高涨，父亲要是把曲奇拿得太久，它还会伤心地叫唤几声。

“它多大了？”

“快 7 岁了。”我说。

他朝我坐的那把椅子又扔了一块曲奇。

“嘿，它追上去了！”

父亲把茶碟里的最后一块曲奇也扔给了“小淘气”。一番追逐后，它又跑了回来，蜷起身子趴在父亲脚边，仔仔细细地舔起爪子来。终于，它舔得有些烦了，闭上眼睛，呼吸很快便粗重起来。不久后，父亲也闭上了眼睛。一人一狗都睡着了。

还有一次，我们比平常多待了一会儿。父亲被带进卧室休息时，狗狗也跟了进去。一名护工帮助父亲爬上床，“小淘气”也一骨碌爬上去，躺在他身旁的亚麻床单上。

“你想跟我一起睡？”

它咕哝了一声。

“我觉得，它或许曾经是头狮子，”他对那名护工说，“它会让我给它梳毛吗？”

“小淘气”一下子坐了起来。

“要是聪明的话，”他对它说，“你一定会说‘好’。”

它低头看着他。

“你要亲我一下吗？”

它舔了下他的脸。

“你住在哪儿？”

它又舔了他一下。

“和这小家伙在一起，”他对护工说，“对信仰有益。”

它猛地打了个喷嚏。

父亲赶紧说了句：“祝你健康！”

住进疗养院后的数年里，父亲依然可以大声读出印刷的文字。至少在头两年，一般来说，他似乎都能理解那些文字的含义。我每次来，都能发现他正坐在桌旁，颇为老练地翻阅着《波士顿环球报》。到第二年年末，很显然，他只能理解一些独立的小故事了。然而，他仍乐此不疲地保持着替他人阅读的习惯。

他读的故事通常来自报纸或我去看望母亲时，顺便从他公寓带过来的《英国神经病学杂志》[①]。要是一不小心读了两页，他便会沮丧地再次回头翻看前一页，以保证阅读的连贯性。无论所读内容多么晦涩，只要文本摆在面前，他似乎都非要把它

① 1999 年 6 月末，我发现父亲正在读《英国神经病学杂志》中一篇关于阿尔茨海默病的文章，还给文章标题和正文前几行加上了下画线。这时，他住进疗养院已经快 3 年了。

读完不可。有时，他还会发表一些或赞同、或看似争论的反对意见。

除了疗养院安排的护工，我还替他雇了一位名叫亚历杭德罗·戈麦斯的看护。这个人是古巴的一名医生，因为还没通过美国考试委员会的考核，他每次来照顾父亲时，都会带上教材。因为熟悉父亲所读杂志的语言，所以他会在父亲发表那些评论时，努力给出一些实质性的回应。不过，他充其量也只能根据自身所学，尽力猜测父亲真正的意图。虽然这种交流或许很不准确，两人却有种相谈甚欢之感。

“我很喜欢你父亲。”亚历杭德罗说。

晚上，他有时会把女儿也带来。这个10岁的女孩十分早熟，是个勤学好问、性格直率的丫头。她不仅喜欢听我父亲说话，还会在他急于清楚地表达某个观点时，努力推测他到底想说什么。她很擅长这件事。当她坐在父亲身边时，父亲常常抬起一只手，轻抚她那头棕色的长发。

阿尔茨海默病患者的子女经常谈起寻找并留住可靠看护的难处。这样的看护不仅要专业过硬，还得风趣友善，有与病人建立情感联系的天赋。我便有幸找到了几个这样的护工，他们不仅知道如何激发父亲思考，往往还能通过回应他想起的某些记忆片段，刺激他再想起别的细节。

所有看护中，最擅长此事的或许就是亚历杭德罗，但也有其他精于此道的人，比如一位来自尼泊尔的研究生在父亲住进疗养院的头一年里，每周都会从艾默斯特市驱车前来，陪他两三天；一位来自沿海城市格洛斯特、喜欢戴一顶漂亮蓝色贝雷帽的艺术家性格火辣，常让父亲倍感活力；还有热情而坚韧的西尔维娅 · 加西亚，父亲生前的最后几年里，这个有着美丽心灵的女人成了他最亲密的朋友和最坚决的拥护者。

疗养院的员工们反而让我非常吃惊。他们大多数都是机械地照章办事，跟病人打起交道来，有时还颇为冷漠。不过，凡事都有例外。其中，就有一个非常出色的护士，她曾偷偷告诉我很多疗养院领导或许并不愿让病人家属知道的事，所以为了保护她的隐私，我就叫她露辛达吧。

父亲住进疗养院的那天，第一个跟我说话的就是露辛达。短暂接触后，她察觉到了父亲的不安和他希望有人陪伴的渴望。于是，她帮助我挑选了一个专门招募医护人员的机构。她认为，该机构可以提供我们需要的那种全天候看护，即从白天一直陪伴父亲到晚上睡觉后才离开。西尔维娅、亚历杭德罗和我之前提到的那几个人，都是这么找到的。当然，那个机构也为找到这些人而收费不菲，因此最终开支远远超出了我的预期。不过事实证明，对父亲来说，这是幸事一桩。而且，大多数晚上露辛达都在那里。所以，我知道，围在他身边的都是真心喜欢他的好人。

从一开始，露辛达就承担了大量超越本职工作的事。比如，她很快决定去波士顿见我母亲，以便尽可能多地了解父亲前几年的家庭生活状况。我母亲立刻便喜欢上了她。她也开始利用下班时间，到城里跟母亲一起消磨夜晚的时光。有时，她会带上自己烹饪的鸡肉晚餐，供两人一同享用。

因父亲的缺席而最感孤寂的那几个月里，露辛达的到来大大舒缓了母亲内心的失落感。因为觉得母亲或许会喜欢，她便跟她分享各种琐碎的新闻和父亲依旧记得的趣事。如此一来，她就成了他们两个人力量的源泉。

她慷慨给予父亲的医疗护理不仅一丝不苟，还总是充满温情。一天晚上，发现父亲眼睛有些分泌物、眼角微红时，露辛达说他应该是患上了轻微的结膜炎。于是，她替他上了些红霉素软膏。趁她上药时，父亲仰着头对她说："我 16 岁时，叫过一辆出租车……"

"哈里，那车把你载到哪儿去了？"露辛达问。

"我正想问你呢！"父亲说。

"但叫车的人又不是我。"她答道。

我很喜欢她这种跳转的方式，用一句绝妙又活泼的回应将问题又抛回给父亲。

“我想……”

他对她，或许也是同时对这天晚上跟他独处的我俩说。但接下来，他似乎就迷糊了，光顾着动嘴，却无法将自己想说的话完全表述出来。

“你想干吗？”她问他。

“我想活7周。”他说。

“哦，哈里！这点儿时间可不够长！”她睁着那双闪亮的黑眼睛，直视着他说，“要是没了你，我在这儿还能做什么？”

另一个晚上，露辛达和同事在楼下开完会后来到客厅。父亲抬头望着她，问她是否有5美元。因为她没带钱包，我便抽出一张5美元的钞票递给父亲。他举着那张纸币，盯着中间那个皱巴巴的总统头像看了好一会儿，才终于开口道：“我就是花了这么多钱，才来到这里。”

“哈里，”她说，“我向你保证，在这么贵的地方，你顶多能用5美元买到一杯咖啡和一包不新鲜的饼干！”

他歪着脑袋，感激地看了她一眼。要我说，那瞬间爆发出的快乐简直点亮了一个“无比灿烂的笑容”。

父亲曾给露辛达写过一封信。信中，他对她的喜爱之情溢于言表。那天，露辛达在走廊尽头跟一个看起来颇为年轻、多半是某个病人家属的男子聊了很久。

“亲爱的露辛达，”父亲这样写道，“我写这封信的时间，或许比别人想象的更久。提个建议：我们向来相处愉快，希望你的朋友也能从中受益良多。另外，下次跟别的绅士在一起时请告诉我一声。”

露辛达非常愉快地接受了这封信，并将此视为一种长辈式的关爱……

出差或把自己关在家里为截稿日期奋笔疾书时，我便无法去看望父亲。此时，露辛达就会经常给我打电话，或飞快地写下一些小纸条，告诉我父亲的最新情况。

“你父亲今天很早就上床睡觉了。”一天晚上，她下班回家后写了张字条给我，“上周我不在时，曾叫你带着‘小淘气’来看望他。那些拜访对他来说太有意义了。只要‘小淘气’来过，之后几天，他都会一直念叨着它。”

此外，露辛达也会时不时给我一个惊喜，发来在她的鼓励下父亲写给我的信。那些信虽然都是父亲的笔迹，但我非常确定，她肯定也帮了不少忙。

“亲爱的乔纳森，”她发给我的最初几封信里，父亲会这样开头，“上次，就是最近那次见面后，你过得怎么样？那次见面让我非常愉快，直到现在我也很愉快。希望能尽快再见到你。

届时，我一定能留下更多印象，也能得到更多帮助。希望你也能从中得到快乐。愿你、你的父母、你的朋友和周围所有人都幸福快乐！”

他写这封信的笔迹跟在家时的笔迹相比，并未改变多少。尽管有些地方明显不连贯，但措辞依然清晰，句子也基本流畅。只有写到最后一句时，他似乎开了小差，忘记自己正在给谁写信。他并未像以前给我写信时那样落款“爱你的，爸爸”，而是采用了过去常给同事写信时的落款——“此致敬礼，哈里。”

三个月后，他在另一封信里写道：“亲爱的乔纳森，请告诉你母亲，她是个非常出色的女人，不值得将时间浪费在陌生男人身上。”叮嘱我要尽快转达这条消息后，他继续写道，“希望能尽快见到你，我们俩都这么希望。”但接下来，他又以商务信函的方式结束了这封信，似乎写完这么几句话后，他又忘了他是在给自己的儿子写信。

“非常感谢您在此事上给予我的帮助……”

还有一次，我本打算前去看望他，却因为咳嗽和胸腔感染不得不改变了计划。然而，露辛达那次或许极不明智地提前告诉了父亲我打算去看望他的消息。第二天下午，露辛达打电话问候我时，父亲恰好坐在她的办公室。听她说了一会儿话后，他开始担心起我来，于是，他写了一封信。露辛达一忙完工作，就赶紧用办公室的传真机把那封信发给了我。

“对于某个不能前来陪伴自己的人，很多人都会关切地询问一番。此时：11月6日。希望你能尽快好起来。运气很重要。我们将持续密切关注此事。”

这一次，他的落款是“你唯一的父亲”。

露辛达后来又发了封稍微长一点儿的信给我。那封信虽然没有日期，但显然也是那时候写的。从信中可以看出，他非常清楚自己正在给谁写信。信以“致我亲爱的儿子乔纳森”开头，然后讲到了一些他刚得知，或以为自己刚得知的新消息。

“不到一个小时前，我得到一些消息。这些消息或许有助于改善我目前的情况。但很多超越我自身治愈能力的事，已经发生……

“不久前，妈妈刚来过电话，这让我的精神振奋了不少。我已经很久没有她的消息了……

“你可能就此事得到的任何信息都请告诉我。请记住年纪和相关情况。

“我很想你。”

最后，他再次落款“爸爸”。

如果他真的接到一通电话，那多半是我母亲打的，尽管他不太清楚到底打来电话的是谁。他发给我的那些信中，这一封是最直白，也最有自我意识的信件之一。这封信虽然既不连贯，也没有格式，但他“此时此刻”混沌不清的理解力似乎突然变得明朗起来。从信中那句“但很多超越我自身治愈能力的事，已经发生”可以看出，其他信里那种语焉不详的笼统表述和支离破碎的表意几乎全都不见了。

6个月后，露辛达又发给我一封父亲写的信。然而，这封信与她之前发过的那些大不相同。与其说它是一封信，不如说它是一张备忘录，或者是医生在观察完病人后写下的一系列评注。

“反复修正。”[①]备忘录的第一行这样写道。

“希望：建议继续治疗计划。”

“希望：严重后果。”

“腿部：已经康复。”

“继续保持目前的状态。”

“笔记：丧失部分数据。”

“清单：心脏、肝脏与肾脏（HLK）相关数据提供了大量历史数据和上好阻化剂……”

即便已经丧失连贯性，父亲在写这则备忘录和同年晚些时

---

① 父亲的备忘录里经常出现我无法解释或语意不详的省略表达。我确实无法读懂他写的一些东西，或他自己一时兴起写的偏离主题，类似上述这样的表达，我在本书其他地方也有所提及。

候的其他备忘录时，仍在努力确认自己已经丧失的能力（“反复修正”“丧失部分数据”）。这一事实让我惊讶地发现：他仍保持着一名临床医生的思考模式，并如一名行医多年的从业者那般，组织自己的所思所想。

露辛达给我的另一张备忘录再次加深了我们的印象：虽然知道自己是个病人，父亲仍未停止从医生的角度看待他的情况。

“尽管遇到各种障碍，我还是在努力履行自己的职责，帮助当地所有人。除了继续观察（也就是说“继续检测”），我也没有其他的事可做。不知其他机构（我想，他指的应该是麻省总医院）是否也在做同样的事？今天，我要试着再确定一下。”

父亲把疗养院当作他应该尽一份职责的医院，而且说出这样的话已经不是第一次。事实上，他写下的很多符号指示都很明确：“全面检测B.P.（血压）。Pt.（病人）此刻正十分安静地坐着，没有明显痛楚。是否解除：不确定。请给予建议。”

在另外一些简短的注释中，父亲似乎以十分隐晦的方式记录了疗养院病人从下午到黄昏阶段常有的失望和不适之感。

“我觉得，”12 月末的一张备忘录上，父亲这样写道，“我们在下午的感觉比此刻灵敏。已分别参考多个样本……”

1999 年 8 月 2 日，父亲 93 岁。过去的三年里，母亲虽已尽力来看望他，这次她却觉得不太舒服，无法驱车前来。已经开始在其他疗养院上夜班的露辛达也因为那边恰好有事，无法前来。于是，除露辛达外，目前与父亲相处时间最长的西尔维娅计划和我一起替父亲庆祝生日。自然，我也带上了“小淘气”。

西尔维娅带了一个巧克力蛋糕，上面用柠檬糖霜写着“祝哈里生日快乐”。屋子后花园的黑莓已经成熟，所以我摘了整整两小盒，一起带去参加生日派对。

蛋糕被拿出盒子时，“小淘气”当然兴奋无比。于是，西尔维娅用纸盘盛起切下来的第一块蛋糕，放到地板上。父亲拿到了第二块蛋糕。他的胃口一如既往的好。等他吃完第三块时，我把黑莓端到他跟前。他用手指夹起一颗，赞赏地看了一会儿，才放进口中。

“好吃！”他边说边又伸手去拿。接着，他估计又吃掉了十几颗。

那些黑莓已经完全成熟，闪亮饱满，鲜嫩多汁，大多数都非常可口。“小淘气”也喜欢在花园的灌木丛里找黑莓吃。这会儿，它又突然警觉起来，端端正正地坐到父亲面前，眼睛一眨不眨地望着他，像往常一样发出一连串越来越响的咕哝声。尽管知道他不会视而不见，它还是紧接着轻轻地“汪”了一声。

他从最大的那些黑莓中挑出一个来，举到它面前。它立刻一口吞下，又盯着他，看来想要更多。于是，他开始逗它，将另一颗黑莓刚好举到它鼻子上方，等它伸着舌头凑上来后，就把黑莓又举高一点儿。于是，它只能爬到他身上。父亲这才动了恻隐之心，把黑莓投入它口中。

和往常一样，只要负责的是西尔维娅或亚历杭德罗，父亲一定是刮好胡子、衣着整齐。西尔维娅通常给他穿宽松的斜纹棉布裤或灯芯绒裤，搭配一件深蓝色衬衫、一条帅气的领带，最后再从他那些上好的外套里挑一件出来。天气较冷时，她会选虽然稍微有些旧，但依然漂亮的粗花呢外套（其中的一些还带皮护肘）；若是夏天，她便经常选那件浅蓝色的绉条纹薄外套。

黑莓汁顺着父亲的嘴唇滴下来。西尔维娅赶紧找来一张餐巾纸，擦掉他下巴上的果汁，以免弄脏衬衫。然后，他舒服地靠回沙发里，“小淘气”则蜷起身子，趴在他脚边的地毯上。

这是个温暖的夜晚，蟋蟀的鸣唱从窗外传来。父亲环顾了一下四周，似乎对一切都非常满意。

当然，并非每个夜晚都同样安静，有时，一些潜在的担忧也会侵入他平静的内心。比如，他会莫名其妙地担心我的母亲。那年初秋的一天，他突然抬头看着我问：“你母亲真的在阴沟里睡觉吗？”

“不，”我说，“她在自己的床上睡觉。”

“她住哪儿？”他问。

“老地方——公寓里。”我应道。

“她还好吗？”

“她很好。”

“听你这么说，我真高兴。”父亲说。

几天后，他花了很长时间，试图重复我说过的某一个词，却只能发出一个与之类似的音。

我问他：“找不到想说的那个词，你是否会很生气？”

“当然。”他说。

“就像有什么东西在捉弄你？”

“没错！”他应道。

他伸出一只手，在空中画了个半圆。

“那就像……”接着，他结巴了一下，但终于还是努力想出了一种表述，“就像一个周而复始的东西。”

我知道，这句话没有完全表达出他的想法。

“那是一个词吗？”

“不完全是……”

“那……是球体？”

他抬起手，伸出一根手指指了指，仿佛我马上就要猜中答案似的。

“半球？”

“没错！”他说。

但那自信的一刻很快便消失了。所以，我并不确定自己是否真的猜中了那个词。总之，说起大脑功能时，他经常用到的词语不是“半球”就是“脑叶”。

从那时起，我发现父亲偶尔谈起自己时，无法使用第一人称。他知道自己该用单数词，知道那个词并非“你”，他最终选用的词却是“他”。

“他很想你。”我间隔很久才去看他时，他或许会对我说出这句话。

有一次，在回答我提出的一个问题时，他说：“他似乎想不起来了……”

“‘他’是‘我’的意思吗？”终于，我还是问出了口。

看起来，他似乎很高兴，仿佛我终于把一件模棱两可的事弄清楚了。

“在某处……还是有联系的。”他说。

接着，他似乎又觉得为了弄清楚这一切，我们已经付出了足够的努力。于是，他不由拿自己的糊涂开起玩笑来，“如果有人能搞懂那该死的玩意儿到底是什么，就能在某处找到联系。”

虽然他会突然觉得不耐烦，但他显然并不痛苦。他只会摇几次头，就像人们暗示自己认识的某个怪人又“重操旧业”了一般。他的目光依旧纯净湛蓝，对探索自身情况的好奇心也丝毫未减。令人困惑的是，这迷人的困境不仅吸引着他，也吸引着我。而且，儿时那熟悉的感觉也再次袭上我的心头：10岁左右的秋日黄昏，父亲带着我长长地漫步。我觉得，跟父亲的同行，仍在继续……

第四章

“能带我回家吗？”

到2000年4月为止，父亲已经在疗养院度过了3年10个月。尽管可以在无人搀扶的情况下独自走上一小段路程，西尔维娅、亚历杭德罗和其他照顾他的人还是知道，久坐对他并不好。大多数没有私人看护的病人，都会面临这种糟糕的情况。现在，他睡得比以前多，早晨往往都是在卧室里度过的；但下午和晚上，他经常待在客厅，天气好时，就待在外面的阳台上。

阳台有圈齐腰高的木栅栏，把桌椅板凳都围了起来。从这里望出去，可以看见一片斜斜的草坪。棕色的小兔子在草坪上蹦来跳去，欢快地吃着青草。因为有栅栏，所以我可以把“小淘气”放开，任它在阳台上自由漫步，在访客、疗养院员工或病人中任意穿梭。不过，对它来说，兔子显然是个不小的诱惑。要是有人偶尔忘了闩上阳台门，它就会用鼻子将其顶开，撒开蹄冲过草坪，徒劳却欢快地追逐那些小东西。

对此，我并不担心。因为下方小路上的车并不多，而等它发现兔子们轻而易举就能超越自己时，也会很快灰心丧气。但父亲若是发现它从我们身边溜走，四下打量一番后，看见它在草地上奔跑或猛嗅山底的那些小花儿时，就会变得不安起来。

有一次，我们都坐在阳台上，“小淘气”突然从父亲身边跑开，张腿趴到栅栏上，将鼻子伸过上方横栏，盯着下面的一只兔子，哀哀地叫唤着，这让父亲越来越不安。最后，我只得起身将它带了回来。

我对父亲说：“你刚才看起来很担心。”

“这个嘛，”他边说边伸手去摸它的头，“他不想让它受到任何伤害……”

那年晚些时候，“小淘气”的鼻子上方开始出现小肿块。于是，父亲对它的喜爱便让我面临了一个难题。起初，那个肿块并未引起我的警觉。它的兽医认为，那可能是过敏引起的炎症，不久之后便会自行消退。但当肿块并未消退，反而越长越大、越变越硬时，我又把它带回兽医那里。这次的诊断显示，它患上了鼻腔癌。

现在，肿块已经非常明显。疗养院有些工作人员很喜欢它，经常蹲下来（一些病人也会如此）摸它，跟它一起玩。此时，他们纷纷问我到底出了什么事。后来，“小淘气”接受了一次探查性手术，并因此剃掉了一小块毛发，露出红通通的皮肤和一条缝针后几乎长至眼睛的伤疤。可父亲像往常一样捧起它的头仔细打量，却没有察觉到这些变化，着实让我吃了一惊。

病灶所处的位置不宜进行手术。为了赶在日益增大的肿瘤压迫其视神经、破坏保护脑腔的骨骼组织之前，“小淘气”开始了一段时间的化疗，以减缓肿瘤的生长速度。医生说它并不痛苦。但鼻子表面开始发炎后，它总是用爪子去挠，经常把受伤部位挠出血来。医生说它或许还能活 8 个月，也可能 12 个月，或者稍微再长一些。

一天，患处又发炎了。它抬起一只爪子正想去挠那已经红肿不堪的地方时，父亲飞快地握住那只爪子，让它没法再继续抬高，给那块皮肤造成更多的伤害。他虽然没问我出了什么事，却抬头看看我，又看看它，脸上流露出明显的关怀神色。

我决定，是时候告诉他这个坏消息了。我相信，他一定会活得比它长。“小淘气”给他带来了太多欢乐。它每次蹦蹦跳跳地飞奔到他脚边，他几乎都能立刻认出它来。如果这一切突然从他生命中消失，他一定会因为失去这个朋友而备感失望。我不想让他失望。

但我选择现在告诉他，还有一个理由：我想让他尽可能长久且彻底地了解我。我知道，如果只让他看到我表面的生活，报喜不报忧，那不仅无法实现上述目标，还会让他远离对我来说重要的一切。我没有结婚，仍然一个人生活，“小淘气”是我真正意义上的唯一伴侣。我想给父亲一个了解我的机会。无论这种了解到头来多么模糊和残缺，他或许都能不时察觉到我眼中难以掩饰的忧伤。

把肿瘤的事告诉他之后，不管他听懂了多少，我和露辛达都觉得：如今，他再次温柔地碰触“小淘气”那块皮肤和那条缝合线时，态度似乎都有些不同了。即便那并不意味着他已经明白它正面临什么样的危险，他也肯定在表达某种严肃的情绪。我想，他一定知道“小淘气”——这只两年前他口中“在练习成为天使”的狗狗——如今正生活在它额头下的一片阴影中。我知道，那条缝合线让他十分担忧。

冬末的一天晚上，我正准备离开，父亲突然问了我一句他之前从未问过我的话：“能带我一起走吗？”

偶尔，他会毫无征兆地恢复了用第一人称谈论自己的能力。我避免了正面回答这个问题，只是含糊地说道：“爸爸，那要开很久的车，都这么晚了……”总之，就是那一类的话。无法给他更真诚的回应，让我觉得非常苦恼。

不久后，这样的场景就变得越来越常见。尽管我知道他不记得我住在哪儿，我甚至怀疑他是否还记得自己的公寓，但他每次见到我起身穿外套准备离开时，上述情景都会重演。

“我们该离开了吗？”他问。

有时，他也会问：“我们现在要回家了吗？”

当我说出我要回家，却努力寻找最温和的方式让他明白，我无法带他一起走时，他眼中不是掠过一丝阴霾，就是顺从而哀伤地盯着我看。他的眼睛会一直追随着我，看着我出门，看着我从他坐着的窗边走过。

客厅中央的一张红枫木桌上摆了一台电视机。有一次，一个病人打开了电视。当一个镜头准确无误地扫过麻省总医院正面时，父亲完全被吸引住了。那是他实习过的医院，也是他上了年纪后带着年轻医生们巡视病房的医院。他一下子哭了起来。

“努力战斗！”他对我说。

我对他说：“爸爸，你给了我很多力量，我将继续我的事业。”

“只要我还活着！”说着，他伸出一只手，紧紧握住了我的胳膊。

那天夜里晚些时候，看他似乎已昏昏欲睡之时，我掏出怀表看时间。显然，父亲并没有我以为的那般困。他注意到那块表，把它从我手中拿了过去，颇有兴趣地端详起来。祖父曾给过他一块非常漂亮的金怀表。我上大学时，他将它转赠给了我。如今，那块金表一直安全地躺在我办公室的抽屉里。

现在这款不过是块镀金的便宜货。他打开表盖，盯着表盘上兀自转圈的秒针。

“你现在住哪儿？”他问。

“还是老地方，”我答道，“就在纽伯里波特附近。”

“可以带我一起走吗？”

“现在不行。”我说。

“为什么现在不行？”

我尝试着给他一个比以往更坦白的答案。

“爸爸，”我说，“我住在一幢孤零零的房子里，对你没什么好处。而且，我经常不在家，那里没有人可以照顾你。”

他又仔细端详了一会儿那块怀表，没有继续逼我带他回家。不过，我知道我并未安抚住他想跟我走的渴望。从现在开始，无论我说什么，都无法减轻他那份渴望。

仅仅几天之后，看见我走进房间，他立刻笑容灿烂地抬头看着我说：“我是哈里。”

我答道：“我是乔纳森。”

“我知道你是谁。”

他死死盯着我，接着吐出4个词：“妈妈、爸爸、兄弟、妹妹……”（这里我得解释一下：除了一个他住进疗养院前便去世的哥哥之外，父亲还有一个弟弟和一个妹妹。他妹妹 49 岁时死于白血病，他弟弟前一年也去世了。不过，我决定不告诉他这个消息。）

我不知道是什么促使他说出这几个词，但它们似乎是突然冒出来的。我想，他是否觉得：只要在那一刻说出这些基本事实，他就可以完全肯定，自己或许可以将它们好好地保存在记忆里。

心血来潮之下，我用意第绪语对他念出了祖母的名字：“利百加。”

他用英文回了我一句：“丽贝卡。”

另一天晚上，为了让他想起数年前的一些美好回忆，我提到了一家位于北意大利科莫湖一带的大酒店。那家酒店他光顾过很多次。他立刻做出了回应，用的却是意大利语——“Lago di Como”（科莫湖）。接着，他还逐一拼出了那三个词，并又念了一遍。

有时，他也会把自己说的其他词拼出来。一般来说，都是非常短的词。这让我想起小学课堂进行的“拼字小蜜蜂”比赛：一个孩子从座位上站起来，先复述老师念出的一个词，再把它拼出来，接着再念一遍，重新坐下。有没有可能，父亲已经回

到他和玩伴丹尼 · 苏利万在南波士顿上一年级的那个阶段呢？我知道，他在小学过得很快乐。不过，很久以前他告诉过我，三年级时，他跟丹尼 · 苏利万曾试图烧掉教学楼。

“我们在前门放了一把火。我也不知道为什么，或许是因为我们很生某个老师的气吧。”

那把火并没有对教学楼造成什么伤害，但祖母听说这事后，不仅狠狠地揍了他一顿，还说如果不端正自己的行为，他“长大后就是个不良少年”（他说，当时南波士顿有很多“不良少年”）。这个故事他跟我讲过好几遍。除了挨打，他似乎很享受那段记忆。

不过，悲伤的时刻仍在继续。有一次，当我告诉父亲因为必须去加利福尼亚和纽约，所以得离开两周时，他问我：“能带我一起去吗？”

“爸爸，这恐怕很难。”我答道。

“为什么？”他说，“你就不能试试吗？”

“得坐飞机。”我解释道，“不可能带上你的。”

“就不能试试吗？”

“不行，爸爸，我不能这么做。”

虽然如此直接的拒绝很不容易，但他已经把我逼到这份上，我决定，自己不应该再用模棱两可的答案敷衍他。正如

“小淘气”那次令我进退两难的情况一样，这一次，我不想对父亲撒谎。

他在这件事上的坚持尽管让我很为难，但无疑也是一种提醒，表明他曾努力抗拒消极被动地任人摆布，或可悲地遵循别人的决定。要知道，待在疗养院的阿尔茨海默病患者，往往都有种被统一支配和囚禁的感觉。看起来，他的确非常笃定地要想办法逃离这座机构。为此，他还想出了各种奇思妙计。

比如，有一天晚上，沙发上只有我们两个人。他突然倾身凑过来，跟我说了一个可行性极大的方案。

“只要需要，我就能出去。”——他冲通往阳台的那扇门点了点头——“我说，‘我儿子马上就要来接我了。’”接着，他便忙活起来，一副无人敢干涉的模样。根据我的理解，他之所以会想出这个点子，多半是认为我就在附近，很快便能将他带上车。

后来，我把这件事告诉了亚历杭德罗。他对父亲的计划露出了赞赏的微笑。当我说父亲那稍纵即逝的战略思维至少让我吃了一惊时，亚历杭德罗说，数月前，他就已经决定——尽管处于那种情况（或者说得更确切些，是一种按教科书上的推测和预期，应正式“划分”到能力受限状态下的情况），所以无论父亲说了什么，他都不再吃惊。亚历杭德罗说，不管父亲对自主还抱有什么样的渴望，但面对疗养院员工制造的麻烦（在我们看来，无论那些麻烦有多么令人沮丧），他都完全拒绝被压制。不管怎么说，这种反应都是件值得庆祝的事，是一种值得牢牢抓住、能证明其生命力顽强的东西。

偶尔，父亲的那种不安会突然爆发，以几乎算得上针锋相对的言语表现出来。

“你能现在就带我走吗？”5 月的一天晚上，我们都待在阳台上时，他这样问道。

“现在不行。”我说。

“可以！就现在！”

他双颊通红，紧紧地攥紧拳头，以一种命令的神色瞪着我。他是父亲，我是儿子。这一次，他不是在请求我做什么，而是在向我下达命令。尽管这种情况让我很痛苦，但我还是很喜欢他表现出的这份魄力。

我们待在室内的那些晚上，我通常都会拉过一张椅子，正对沙发上的父亲而坐。但有时候，他会明白地表示想让我挨着他坐。

“哈里在这边。”有一次，我坐在椅子上时，他这么对我说道。等我起身挨着他坐到沙发上后，他拉起我的手腕，举到面前，仔细端详了好一会儿。

“谁在举着你的手？”他问。

“是你啊，爸爸。”

“没有别人了？”

“没有别人了，只有你。”

他点点头，接着抬起左臂，揽着我的肩膀，把我拉近了些，仿佛想让自己相信，他在保护我一般。

“很久以前，他给你寄过一封信。”他说。

事实上，他最后一次写东西给我，已经是将近一年前的事了。而且，那也算不上一封信，不过是露辛达过去经常发给我的那种注释条而已。接着，他又说起“我要去纽约”的事。他会想起这件事，多半是因为我上次出行时，曾告诉过他自己很快会去趟纽约。

不过，他没问是否可以跟我一起去。

“真想跟你一起去，”他说，“但我知道，我不能去。”

片刻后，仿佛是为了解释他为何现在接受了事实，他又小声补充了一句，“我在另一边……”

“小淘气”趴在房间另一头的一张咖啡桌和沙发下，爪子搁在地毯上，正冲某样让它兴奋不已的东西直哼哼。等到玩厌了，它便站起来，抖一抖身子。每次被某样东西耗光耐性后，它都会这么抖一抖身子，然后一路小跑，回到父亲身边坐好。

这一次，他没扔曲奇给它，而是捧着它的头，揉揉它的耳朵，轻轻碰触它鼻子上方那片肿胀的区域。

“我们都变了这么多……”他说。

我不知道他是否在说“小淘气”。说这话时，他并没看着它，反而看着我。

“还剩多少？”他问。

我没回答，这个问题似乎也并不需要回答。我又待了一会儿，看着他慢慢闭上眼睛。

那天晚上，经常照顾他那位护工不在。一个护士走进来，抱起沙发上的他，穿过门厅，将他放到了床上。我把“小淘气”带到外面，由着它在草地上撒欢。它找到一处感兴趣的地方，又像往常一样趴了下来。接着，它抬起鼻子，一副好似在研究星星的模样。

2001年8月，父亲95岁。母亲说想给他庆祝生日，我让西尔维娅把她接到疗养院。因为那天早些时候我得待在马萨诸塞州西部，所以打算届时自己从反方向直接过去。

她们到得比我早。西尔维娅对我说，她们刚进屋时，父亲似乎有些迷惑，显得疏离又淡漠。但母亲坐到他身边，伸出一只手，温柔地摩挲他的脸颊，接着又把手放到他膝盖上时，他转向她，低喃着她的名字：“露丝，亲爱的……露丝，亲爱的。”

然后，他抬起她的手，一遍又一遍地吻她的手指。

露辛达、亚历杭德罗及其妻子，还有其他两位照顾父亲的人也在房间里。我要是没记错的话，那位曾经陪伴我父母，并帮助父亲整理他写作资料的助教也来了。还有一些不请自来的人，他们是父亲记忆恶化前的朋友，我并不认识他们。我没邀请他们，也永远不会想到要去邀请他们。而且，我认为要是只跟母亲、露辛达和其他熟识的人度过这一晚，父亲应该会更放松，脑子也能更清醒一些。

情况真是变得十分特殊。尽管他们或许曾跟父亲十分亲密，我却并不认识他们。我不想让他们觉得自己被怠慢了，但我的确认为他们的出现是一种侵犯。

结果，那并非一个令人愉快的夜晚。他们虽围坐在父亲身边，言谈间却好似他并不存在，或听不到他们彼此之间的交谈。有一刻，一位坐在沙发右侧的女士突然提高声音，冲房间对面的我说：“乔纳森，真到了那一刻，我们都是可以信赖的。你父亲能陪你那么久，真是很幸运。失去他你肯定会很难过。葬礼后……”

她的这些话让我浑身一哆嗦。她坐的位置离父亲只有几英尺。那一刻之前，父亲一直盯着自己的膝盖，似乎压根儿没注意众人的谈话；然而，那些话一出口，他突然抬头问了句：“有人在说葬礼？”问这话时，他没有冲着那位女士，而是冲着房间里的所有人。

听到他这么说，那位女士似乎非常吃惊，仿佛直到此刻，她才首次意识到她谈论的是个坐在自己面前的大活人。但那时，伤害已经造成。我站起身，走到沙发前，抚上父亲的肩膀，等他转过身后，我看着他的眼睛说：“爸爸，人们总会说些他们自己都不理解的蠢话。”之后不久，那些人便都离开了。而他们的离开，似乎压根儿没有引起父亲的关注。

母亲和其他几个人又待了一会儿，分别之际，母亲吻了吻父亲的额头，喃喃地念了声：“哈里，亲爱的……”开车送她回城里时，我无法确定，她是否因为有人提到葬礼而不安。那女人的声音那么大，我非常肯定，母亲一定听见了那些话。

后来，露辛达告诉我，让父亲不安的不仅仅是那些话，还有那些客人“直言不讳”的说话方式。要知道，他们在那儿时，父亲几乎也一直在那儿。这点我也注意到了。他们说话的模样，好似父亲已经退化成一块沉默的石头，既没有感情，也无法感知周遭的一切。

露辛达还说，他们偶尔也会用某种十分做作的腔调直接跟父亲说话，仿佛正在进行某种虚假的对话一般。很多人都会用这种方式跟阿尔茨海默病患者交谈。越过他们，而非直接对他们说话的情况也十分常见。少数医生也曾无视坐在我们面前、一脸困惑的父亲，直接对我说起他的精神状况，并使用诸如“感情缺失”“对刺激做出反应的能力下降”等描述。

“事实上，”有一次，露辛达对我说，“我更喜欢真实地对待一切。我不喜欢跟病人胡说八道，就像我不会对疗养院之外的人胡说八道一样。我尽可能多地跟你父亲谈话，但采用的交谈方式，跟与你、我的孩子和朋友们交谈时并无两样。我觉得，我要是强迫自己保持沉默，从不向他吐露内心真实的想法，那就是在侮辱他的尊严。更何况那么做也是十分无趣的。你父亲认识那么多有趣的人，而让他这样的人感到无趣，是我最不愿意做的事。”

和西尔维娅与亚历杭德罗一样，她也拒绝用疗养院常见的安慰之语（跟比自己年长的病人交谈时，很多人都会采用这种说法方式），或那些念经似的可怕腔调，让父亲的意识更加迟钝，或低估他可能具备的反应能力。

和父亲相谈甚欢时，露辛达尤其擅长激发我所说的那种纯粹的快乐。如此一来，她不仅让父亲有幸一窥真实的世界，还能驱走在阴暗氛围和认知惰性下，很多公共机构都会产生的那种似在半睡半醒间的沉郁感。她喜欢在他眼中看到生命的火花，看到诙谐之光和喜悦之色。所以，这也是听到有人当着他的面谈论葬礼时，她会如此生气的原因。

如之前的数年一样，这一年（2001年），父亲只要提到童年中的某些事，哪怕只稍微提及，我也会尽力观察或提出一个问题，希望能借此激发出更多他对那段往事的记忆。

我确信，尽管父亲已经忘记很多旧事，对于还记得的部分，肯定也只能用最有限的言语形式将其表述出来，但他的大脑活动依然存在。我想，我可以将这种大脑活动称为"日常生活之下的生命活动"。父亲丧失这部分语言功能，进入一种类似"迷梦"般的状态[①]后，我曾就此询问过他的一位医生。医生认为，虽然按其本性，那些记忆、情绪和弥散的念头都毫无定性地自由浮动，但它们都潜藏"突变性质"[②]，在某些时候，可能被外界刺激，或大脑某部分神经元自发的电活动刺激激活。

当时，我对此一无所知。但旁人一再劝告我说：父亲突然提起某位家庭成员时，只要我提出正确的问题，或说出某个能激发他联想的单词或短语，都有可能在他那个迷雾般无规律的记忆王国中，唤起一段不连贯的记忆或某些记忆片段。

① 向我解释这种现象的那位医生在提到激活记忆（或"一小段记忆片段"）时，也用到了"自发放电电路"这个术语。关于"凸显记忆"更详细的解释，请参见本书第十二章所引的丹尼尔·沙克特相关注释。

② 同上。

比如，父亲提到他的父母、妹妹和兄弟，并说出祖母的名字“丽贝卡”后不久，我便有计划地向他提起祖父。因为自从搬入疗养院后，他并没怎么提起过自己的父亲。正如我前面所提到的那样，父亲称祖父为“爸爸”。于是，我一提到有关“爸爸”的某事，他立刻笑容灿烂，毫无迟疑地答道：“他曾教过我如何缝纫……”

对于其他人，至少对于其他不熟悉父亲的人来说，这个答案或许显得相当令人费解，但我立刻明白了他在说什么。1993年或1994年，是他依然跟祖母生活在一起的时间。一天晚上，我曾问过他祖父早年在美国的生活情况。虽然如今的他偶尔需要母亲的帮助，才能还原当时事件发生的先后顺序，但那一夜，他对此给出了十分详尽的答案。当时，我还拿出了一叠纸。因为要跟上他的语速并不容易，所以他发现我有未写完的句子时，还会停下来复述一遍。

他详细地解释说，尽管祖父抵达波士顿的时间比祖母早两年，却没能以一个裁缝的身份建立起经济独立的“根据地”，反而被迫进了一家缝纫厂，当起“熨烫”计件工，干些协助其他裁缝的活儿。直到祖母到来，开始强势插手此事，并运用她绝佳的金融天赋，才帮助祖父开了自己的裁缝店。

“他坐在桌旁，用一台别人送他的脚踏缝纫机工作。那是一台辛格牌缝纫机。我记得非常清楚，因为他曾花时间教我如何使用它。”

那时候，祖母开了间小店，卖牛奶和其他杂货。父亲说，又过了几年后，“他们攒够钱，爸爸就把裁缝店变成了一家服装店”。那时，父亲已经十二三岁了。他记得，放学后，他得去服装店帮忙，以便让祖父有一个小时的休息时间。这段时间通常是下午 4 点至 5 点。祖父会趁此机会，回家早早地吃完晚餐，然后回到店里一直工作到晚上 9 点。父亲说，有时，祖母周末也会叫他到店里帮忙。

他说，祖母从不会叫他哥哥到店里帮忙，因为她觉得哥哥是家里的“学者”，所以不用承担会分散其学业的任何家务。我曾问过父亲，祖母这种似乎更偏爱他哥哥的做法，是否会引起他的怨恨。

“你知道妈妈那个人，”他回答道，语气中并无怨恨，反而显得不以为然，“家里没人敢跟她争辩什么。”

此外，他说：“我喜欢服装店，喜欢看那些劳动人民进来买冬天工作所需的厚重长靴、长裤和毛衣……”而且，像复活节等假期前的周末一样，“附近的女人们都会涌进店里，寻找漂亮的裙子和袜子，以及在南波士顿任何庆典中尤其不可或缺的各色装饰帽”。

一个周六，店里来了两位“衣着暴露”的“迷人女士”。他忘了祖父是否有试衣间，但那两位女士似乎并不介意在陌生人面前试穿裙子或内衣。

“爸爸替她们试衣时，我就躲在一排女装后盯着她们看，因为在那之前，我还从未见过女人暴露的乳房。”他说，对一个正值青春期的男孩来说，那一幕真是“太具启示性”，用“这份报酬”来弥补周六还要到店里帮忙的损失已是绰绰有余。

此刻，坐在疗养院里，我禁不住稍微提了一下祖父的服装店，看看是否还能唤起他更多的回忆。但说完如何学习缝纫后，父亲的声音就渐渐低了下去。已经快到睡觉时间，他有些困了。无论他还在酝酿什么，它们都是些飘荡在迷梦状态、我无从知晓的“日常生活之下的生命活动”了。

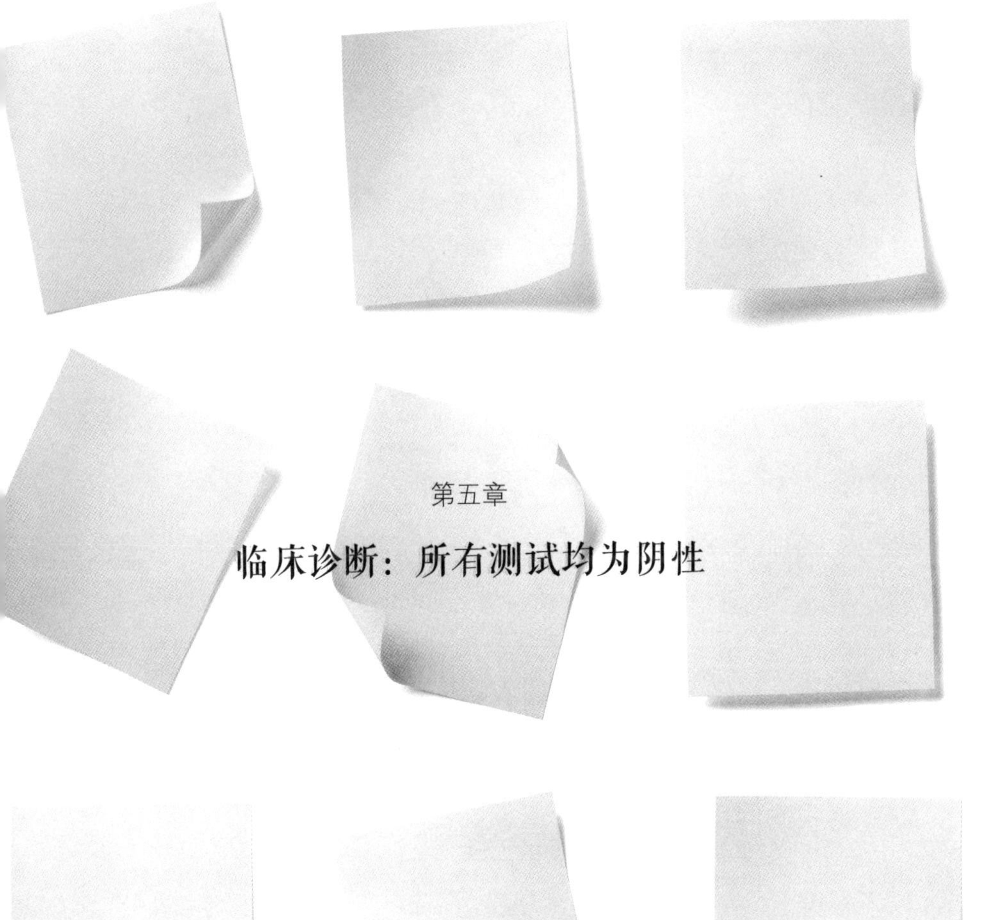

第五章

临床诊断：所有测试均为阴性

2001 年秋，父亲遭遇了一次突发性的健康危机，那是我第一次被迫面对会失去他的可能。

他先是连续一周多胃部不太舒服，然后又接连几天排不出大便。如果没有及时得到正确处理，对于他这种年龄的人来说，此类胃肠病也可能致死。其他常见的致命原因，还有尿路感染、吞咽和呼吸困难。因此，及时发现这些危险的早期预警信号，就是最重要的事。

但疗养院负责照顾病人的那位医生（他似乎很少直接接触病人，正如露辛达曾私下向我透露的那样，他甚至不怎么在疗养院出现）要么没有及时发现父亲的情况，要么就是即便有所耳闻，也没有要求护理人员对此采取任何措施。无论出于上述哪种原因，总之值班人员既没有调整父亲的饮食，也没有在他情况恶化前进行常规灌肠治疗。结果，父亲的大肠便渐渐出现了堵塞。

那一周，我在西雅图和洛杉矶；露辛达和孩子们在亚利桑那州度假；亚历杭德罗也不在；西尔维娅则因一个亲戚的葬礼忙得不可开交。代替他们的那位新护工要么经验不足，要么就是没意识到自己有权干涉此事。

当医生终于意识到问题的严重性后，却采取了一项极端危险的处理方式：往父亲直肠内强行插入一根软管，并尽可能地推进到结肠处。

据临时帮忙的那个人描述，父亲“疼得放声大叫”，但负责插管的那个人却依然继续把管子往里推。应该为之后行为负责的那个人到底是谁，我始终没有找到。但很显然，父亲的这段痛苦经历不仅让他昏迷了过去，插入的管子还有可能对他的结肠内壁造成了复合性损伤。

“他们那次检查用的工具，”后来，一位医生向我解释道，“不仅长达 12~16 英寸，也要足够坚韧，才能径直穿透或避开已经像石头一样硬的大便进入结肠，所以会给病人带来极大的痛苦。这种痛苦是应该被避免的。

“训练有素的医生早已不采用这种方法。我们教导学生用手挖出大便，这样才不会给病人带来结肠穿孔和血液感染的风险。

“无论如何，”他说，“只要仔细监控病人情况，都不至于走到如此地步。尤其是对你父亲这么大年纪的人来说。坦白地说，他遭遇此事，简直是不可宽恕的错误。”

这一切发生时，我正在从洛杉矶返回的飞机上。飞机刚一降落，我就发现手机上有个西尔维娅打来的紧急电话，让我尽快联系疗养院。打通疗养院电话后，护士站的一个人告诉我，她相信我父亲已经被救护车送往剑桥的奥本山医院。

抵达医院后，有人告诉我他已经被送进重症监护室。确认了我的身份后，一名护士将我带到父亲身边。

我从未见过那般模样的父亲。他虽然睁着眼，脸色却极其苍白。我俯身凑到他近旁，在他耳边说话。他抬头看着我，似乎想努力回话，却什么也说不出来。一名住院医生将我拉到一边，让我做好最坏的准备，我踏上医院阳台，琢磨着要不要给母亲打个电话。我知道，要是父亲真的无法生还，她一定会想见见他；但如果没这个必要，我实在不想吓坏她。于是，我转而联系露辛达，却没有成功。当时，我不知道她已经离开了。除此之外，我不是待在重症监护室，就是在旁边的候诊室。午夜后不久，我被告知他的情况已经稳定下来，不会再有生命危险。

第二天，我决定将他转到麻省总医院。不过现在想来，几乎可以肯定，当时已经完全没必要转院。我想，我只是简单地以为，父亲在麻省总医院待了那么长时间，对他来说，那里肯定是最好最安全的康复之地。

不到一周，他的情况就恢复到了医生口中的“基线”标准。这个用来描述他当前身体和精神状态的术语，是相对他之前病危状况而言的。那时，我不得不考虑，是否要让他继续留在疗养院。

鉴于这明显是那名医务主任[①]玩忽职守的结果，这便不是一件容易解决的事。与西尔维娅和亚历杭德罗讨论过之后，我决定最好不再寻找新的疗养院，而是将父亲送回那个他已经熟悉的地方。我知道，如今已经回来的露辛达，一定会比平时更加仔细地照顾他。我也知道，她给予他的陪伴，在别的机构中是找不到的。因为其他任何机构的员工，都无法像她一样，既熟知父亲的过去，又能基于对父亲个性的了解为他提供精神上的刺激。

总之，我认为这是个正确的决定。不过，在接下来的数月里慢慢改变父亲的生活环境还是有可能的。

几周后的一天下午，我打开了几个封好的大板条箱。这些箱子是大约 12 年前父亲坚持送到我家里来的。直到此时，我才

---

① 父亲待在那家疗养院期间，那里的医生不止一位。我此处所指的这名医生是导致父亲陷入这场危机的那一位。

觉得有必要看看这些箱子里都装了些什么。刚刚目睹他经历的这场危机，我突然产生了一种强烈的渴望：无论那些包裹里尘封着什么样的记忆，我都想好好地了解一番。

我打开的第一个板条箱中，有一批他在医学院和之后几年内的备忘录、笔记本、病历记录和报告。在这些东西里，有一张用便宜画框装裱起来的医学毕业文凭，显示父亲毕业于 1934 年 6 月 21 日。箱子里还有一张装裱起来的证书，是他在麻省总医院的实习证明。该证明宣称，截至 1936 年 1 月 31 日，他已经忠诚地在麻省总医院东方医疗所担任了 19 个月的医生。这张证书下是一叠用粗橡皮筋捆在一起的文件夹，里面装着父亲 1936—1938 年先后在波士顿精神病医院（即如今的马萨诸塞州心理卫生院）和巴尔的摩约翰斯·霍普金斯医院菲普斯诊所担任住院实习医生时写下的文件和病历。

虽然我阅读他手写的这些文件有点困难，但其中一份文件的题目是“丘脑综合征一例，治疗方法：囊肿切除术”。该文件的第一部分是父亲写下的病历，详细描述了那位病人的情况：“一个瘦弱的中年妇女”“因为病人声称有突发和自发性疼痛”以及“院方希望找出该病人痛感的真实程度”，她已被医院收治。

父亲写道，这位病人是“异卵双胞胎中的第二个孩子”，在“众多操作和仪器帮助下”，才通过“横位难产”诞生。出生后，“又经历了诸多困难，并延误了很长时间，才建立起正常呼吸……1900 年，5 岁的她被送往波士顿儿童医院接受检查，查出左侧身体出现多处挛缩，所以由此接受了数次姑息性手术治疗。从 7 岁起，她便开始出现惊厥性发作，而且这种发作通常都出现在夜间……

“对颅侧神经的检查”结果显示：“她左侧鼻孔嗅觉极差，不是只能闻到一点气味，就是完全闻不到任何气味。左眼的视力也非常差……左脸有萎缩和轻瘫（即局部麻痹症）症状……左耳的听力在持续减弱。舌头左侧的味觉不仅没有右侧灵敏，有时还会完全丧失。左侧身体的感觉也明显异常。即便产生一点感觉，也必定是不愉快的感觉，偶尔还会出现痛感……刺激性强烈和刺激性不强烈的物体作用在她身上，似乎都不会产生任何差别……她感觉不出温暖物体的热度，但碰到冰块，她却会发出尖叫声，称感到自己正被某物‘灼烧’。”

父亲总结道，该病人感觉到的疼痛绝非幻觉。两周后，他负责扫描的EEG[①] 让他相信，这个女人的右脑有一处囊肿。他叫来咨询的那位资深医生也相信，“几乎可以肯定，病根来自新生

① EEG（即“脑电图”，如今该术语已不再用于此类诊断目的中）并未显示囊肿或肿瘤的形状，而只是通过波动的脑电波，反映大脑不同部位脑电波的变化情况。医生可以通过检测脑电图，推测囊肿或其他病灶可能存在的位置和大概的尺寸。

儿产伤……多次讨论后，他们决定为她实施手术，并立刻获得了病人的同意……”

父亲写到，事实证明，那次手术非常成功。（“切除那处囊肿后……病人再未感觉不适，病情也没再发作过。”）不过他也注意到一些副作用，在谈及术后更乐观的结果时，他还附上了几条证明：“一个人对手术的狂热”应该“受制于”上述理由。

这份材料和文件夹里的其他病历为何会让我如此着迷？我想，最简单的原因，就是我能跟着它们，详细地一次性回顾父亲在我诞生前5个月里、数百小时内的工作情况。在那几百个小时里，他不仅逐渐培养出一名临床医生的自信，还养成了谨慎和自我批评的品质。后两种品质为他赢得了那些他视为导师的老医生们的尊敬。比如，我发现他划掉了很多语句。很显然，他一定觉得他的诊查结果不足以支持那些语句。还有一件事也是显而易见的：他非常喜欢自己的病人——“友好而为人和善……是个非常有趣且十分健谈的人……她喜欢与人聊天”。他写下了很多类似赞扬病人优秀品质的笔记。只要认为某位病人具备此类品质，他就会在个案研究中记录下来，以备多年以后翻查。

我还看到一组让我更感兴趣的文件，那是父亲对他在约翰斯·霍普金斯医院30位病人诊疗后留下的一份长病例总结。之后的第二年，父亲仍然待在约翰斯·霍普金斯医院，并借助一项洛克菲勒基金的资助，有幸得到瑞士裔精神病学家阿道夫·迈耶医生的指导。父亲和他共事期间，迈耶医生是美国当时精神病学领域的开创性人物之一。（医学历史学家们通常认为，让美国精神病学脱离“故步自封”状态，真正进入世界医疗学术圈的，就是迈耶医生。）

在这些总结中，我发现三张图表。父亲把这三张图表分别贴在三个大纸板上。每个纸板都有三英尺高，宽度则比三英尺还要宽。显然，他把这三张纸板都贴到了办公室墙上，以便随时追踪这些病人的情况。对每份病历的描述，他都按顺序分成以下 8 个类别：“症状”、“体检结果”、“情况”因素、“条件”因素、“个性”、“遗传性”、“疗法”和“疗效与追踪情况”。不仅图表上的每一项都写满了字，空白处也被他尽可能多地写上了各种细节。

其中有份看似稍微简单点的病例，该病例记载了一个 18 岁女性患者的情况。“草率的婚姻、未婚先孕、难产”，抱怨“喉头有噎塞感……不得不大口喘气，手部有麻痹感，似乎随时都要昏倒”，因此非常恐慌。在“体检结果”那一栏下，父亲这样写道：“病人身体虚弱（即体力不足），体重偏轻；脉搏 110；反射测试结果呈阳性（++）；血压 125/60；脑电图测试结果为阴性。”“疗法”一栏下写着：“已向病人解释体检结果均为阴性。此外，也与这位女病人坦率地讨论了可能出现的致病原因。显然，唯恐再次怀孕导致了她的焦虑。开避孕隔膜。”而“疗效与追踪情况”一栏下则写着：“使用避孕隔膜后，不再出现麻痹感、噎塞感和恐惧感。自此以后，也不再出现昏厥现象……如今，她与丈夫相处得非常愉快。”

还有一个病例，记录的是一位刚刚失业的27岁男子。“病人恐慌症发作，怕死、心悸、双臂有刺痛感、有强烈的排便感、严重漏汗。”失业后，“病人还对性产生了焦虑感和不安全感，虽然与深爱的女子住在佛罗里达州，却害怕染上淋病。因此，他强烈地希望逃离，‘抽身而退，摆脱这段感情’”。“疗法”一栏下这样写道：“和这位病人详细讨论导致这些症状的原因。从病理学的角度进行解释……”“疗效与追踪情况”一栏下写道：“大有改善；症状已经大大减轻。”数月后的第二次追踪情况为：“佛罗里达州的那段感情进展良好，有望在一年内步入婚姻殿堂……”

还有一个明显更复杂的病例。一名43岁、“在马尼拉做生意的”男人觉得“喉头发紧”“死亡逼近”，并“从1928年起便开始焦虑”。父亲邀请迈耶医生共同替他诊治。

“病人向迈耶医生描述焦虑的症状：‘那感觉仿佛从高楼坠

落，十分恐怖，完全是种无计可施的感觉！你知道，自己完蛋了，只能等待触地的那一刻！'" 接下来，父亲又继续记录道，"该病人由患有癔病的姨妈带大……童年时经常看医生，有多年臆想症病史。同时，病人一直有阉割恐惧症症状……"在"遗传性"那一栏下，父亲写道："叔叔自杀身亡。父亲酗酒。母亲极不负责、喜爱奢华，最终抛下孩子，与另一个男人私奔了。病人是家中最小的孩子。他还有个姐姐，人很漂亮，生活却很奢侈，结过三次婚……"看起来，这位病人痊愈之前，父亲的实习似乎就结束了。他笔记的最后一行是另一个医生的名字。或许，接手照顾这位病人的也是一名实习医生。

后来，我把这些文件带给波士顿的一名精神科医生看。他说，因为我们最近在脑生理学方面取得的一些突破，从极少的几个方面来说，或许有人会认为这些临床报告中强调的重点和使用的语言已经过时。他也指出，这些图表中的条目都极有历史意义，因为它们忠实地反映了迈耶广为人知的整体理论和"情景与社会因素在疾病成因"中的体现，以及童年创伤不完全，甚至并不占主导地位的影响。据他观察，被"弗洛伊德理论蒙蔽了双眼"的"顽固又武断的精神分析学家们"往往会忽视这些与病根同时存在的因素。

他还说，迈耶最重要的贡献之一或许就是他始终坚持十分详细的记录。在他那个时代的美国精神病机构中，这种做法并不常见。这些图表在我打开的第一个板条箱里已经被折叠了数次，但父亲在准备它们时表现出的勤勉，为他整个职业生涯的病历写作树立起了模范，即事无巨细地记录每一个细节。

那个板条箱里还有很多个人物品和与众不同的珍宝。比如，有父亲曾经在波士顿精神病医院担任住院医生时，他曾经的病人寄来的信件。那位病人康复后写信来表示感谢。而且，那位病人显然相信，相比其他更有经验的上级医生，一个从医学院毕业还不到两年的年轻医生竟创造出“如此奇迹”，完全值得这般褒奖。的确，早在 1931 年，身为医学院学生的父亲，就已经于夜间在哈佛大学麦克连附属医院兼职。当时，他帮助照看过一位来自康涅狄格州的女病人。那位病人曾写信问他，如果她与丈夫坐火车到波士顿，他是否有时间替她做一次“复诊”！这封信上有一张生锈的回形针夹着的便条。便条措辞温和，是父亲写的。便条中，父亲向她解释了自己是一名医学院的学生，还没有成为正式的医生。

在这些东西里，还有一堆看似很不和谐的信件。信件用一根粗线捆得紧紧的，从盖在每个信封一角上那张橙黄色 2 美分邮票上的邮戳来看，它们都是父亲在麻省总医院实习期间，母亲写给他的。我数了一下，总共 51 封信。也就是说，两人分开期间，除了有一天寄出两封信以外，其他时候，母亲都是每隔一天寄出一封信。我只打开了其中的三封，感觉自己真像个间谍。这些信件都是那种很柔情、很老派的情书。那些信下面有一本俏皮的爱情诗集，书很薄，作者是埃德娜 · 圣 · 文森特 · 米莱。这本书到底是父亲送给母亲的，还是母亲送给父亲的，我也说不清。

接下来的几周里，只要有时间，我都会逐一翻看存在我屋里的其他几个箱子。迄今为止，在那些箱子里找到的所有东西中，勾起我最深记忆的是一个黑色的旧医疗包，父亲去医院或疗养院看望病人时总会背上它。一个用了这么多年的包，的确已经出现多处磨损和撕裂的痕迹（提手上的皮革已经剥落，到处都缠着医用胶带），但包仍被那个沉重的金属扣保护得好好的。父亲把它交给我时，用一根金属丝把钥匙挂在了上面。

包里没什么稀奇的东西。我找到一个带紫色可充气箍带的旧血压计。血压计整齐地叠好，放在一个深蓝色的盒子里。此外，包里还有：约 12 根用橡皮筋绑在一起的木喉棒、一盒邦迪创可贴、无菌纱布、几包酒精纱布、一把带橡胶头的金属反射锤、一把尖端分叉的金属叉（这把叉子长约 6 英寸，看起来很像音叉。过去，它经常被用来测试病人的听力。使用方式是：首先在离病人耳朵较远处敲击，然后慢慢靠近，直到病人能听见敲击声为止）。包里还有一副非常漂亮的弗莱舍听诊器。父亲放在病人胸膛上的那个金属听诊头背面，刻着制造者的名字——“迪金森”。

我拿起那副听诊器，握在手中，一段尘封已久的记忆突然涌上心头。那时我还小，不过六七岁。一天夜里，麦克莱恩精神病院的值班医生给父亲打电话，说他的一个病人突然发狂，嚷嚷着要自杀。心血来潮之下，父亲带着我一起去了医院。我记得，当时他刚刚到家，正准备吃晚饭。然后，如往常一样，夜里如果有电话找他，妈妈都会先捂住话筒问他：“哈里，你在吗？”父亲则几乎像往常一样，冲她点点头，然后起身去接电话。

片刻后，他的晚饭便被忘到脑后。他拉着我“咚咚咚”地下了楼，钻进车里，让我坐在他旁边。母亲站在门口目送我们离去。很快，我们便远远地（对当时的我来说，那已经是段非常遥远的距离）驶入贝尔蒙特，顺着车道，朝医院一路驶去。

我猜，父亲有种虽然特别，却很讨人喜欢的方式来刺激病人与他交谈。起初，他会以一种非正式的友好口吻开始谈话，跟病人开玩笑。即便正陷入悲伤或焦虑情绪中不可自拔，病人们也会被他逗得哈哈大笑。所以，当他拉着他的儿子出现在医院里时，或许任何一个病人或护士都不会感到吃惊。

总之，他要么对病人说“你得先接受检查”，要么说些能产生同样效果的话，比如：“让我的首席助理来帮你。”然后，他把我抱起来，放到床上，将那副听诊器递给我，把黑色的听诊器耳塞塞进我的耳朵，告诉我应该把金属听诊头贴在病人胸膛的哪个位置。和所有似乎被委以重任的孩子一样，那一刻，我听得异常认真，或许还努力露出一副了然的神情。与此同时，父亲则仔细观察病人的手、眼和他脸上的表情。然后，他拿过听诊器，开始替那位男病人做全面检查。我能记得的情景就是这样了。

我之所以这般仔细地盯着那副听诊器看，还如此小心翼翼地将它握在手里，是因为我已经想过很多遍——我想，应该有上千遍——甚至在像精神病医生一样提出探索性问题前，父亲肯定已经遵循曾经受过的医学训练，把那对耳塞塞进耳朵，用心聆听病人的心跳和呼吸。不过，我也想起无数个夜晚，父亲都曾因为像那晚一样频频出现的紧急情况不得不离开餐桌。他是非去不可的，因为在病人闷闷不乐的时候还留在家里，他一定会越来越心神不宁。

当然，接到这种电话时，大多数晚上他都不会心血来潮地决定带上我。他会扔下我们，径直出门而去。如果还没睡熟，我或许能听见他深夜回家，母亲一边替他热晚饭，一边跟他说话的声音。

我知道，在那个早已逝去的年代里，无论是哪种医生，都会为了履行对病人的义务，心甘情愿地打断自己的私人生活。或许，如今再来追悔那个年代毫无道理，但我依然希望，疗养院的那位医生哪怕还拥有一点点传统的责任心，该有多好！我希望，父亲接下来要依赖的那位老人病科医生也能如此。我觉得，他们从未全心全意地关爱过父亲；或者可以说，他们给予父亲的关爱，连父亲当年付出的一小半都赶不上。曾经的父亲，是多么慷慨无私地关爱信任他的病人啊！

还有一段更久远的回忆。对我而言，虽然那段回忆的个人意义要少一些，我却觉得可以将其作为一扇有趣的窗口，通过它了解半个多世纪前波士顿的精神医学世界。因此，我就把它当作一则旁注，加在我已经见过的那些长故事后吧。

在那几个板条箱里，有一个装了些跟尤金·奥尼尔有关的法律文件。箱子中，我在一个文件夹里发现了几份非同寻常的资料。那些资料记录了父亲与他的一位老友兼同事——精神病学家梅里尔·穆尔[①]——的一段冲突。奥尼尔在成为父亲的病人前，一直与穆尔关系密切。

穆尔不仅是最杰出的精神病学家之一，也是一个跟戏剧界联系密切的文人。奥尼尔的妻子卡洛塔患病（初步诊断认为，她得的是“癔病”）并被转入麦克莱恩精神病院后，他被挑中为她检查。现在我发现，穆尔之所以被留下来，都是因为奥尼尔密友劳伦斯·兰纳的缘故。兰纳既是纽约著名制片人，也是同仁剧院的一名导演。然而，穆尔误诊了，让卡洛塔遭到了极为不公的对待。

多年以后，父亲曾在波士顿哈佛俱乐部向我介绍过穆尔医生。穆尔医生虽然是个极其聪明的人，却也有很多人将其视为一个可爱的怪胎。他写诗，而且只写十四行诗。他显然写了很多（据他所说，至少有几千首），还非常乐意背给朋友和病人们听。有段时间，他总喜欢在兜里装些黄豆种子，然后兴高采烈地分送给别人。有一次，跟父亲握过手后，他说：“哈里，把这

① 穆尔医生为罹患严重抑郁症的纽约著名戏剧导演乔舒亚·洛根诊治，也是他最成功的一个案例。洛根在自己的回忆录中写道，他接受诊疗时，“梅里尔大踏步地走到他跟前，将一本有他亲笔签名的书送给我……我可以不去读那些书，却无法阻止他向我背诵里面的内容。他总是在穿过走廊或乘电梯上楼时这么干。他告诉我，他会在过街、爬楼梯或启动汽车时，构思他的十四行诗。”参见乔舒亚·洛根著作《乔希》（*Josh*）（纽约：德拉科特出版社，1976 年）。

些种到你的花园里吧。”接着，他便往父亲掌心放了几粒黄豆种子，父亲则开心地表示感谢。

然而，据父亲所说，穆尔的问题在于，尽管他作为精神病学家的专业水准毋庸置疑，却对卡洛塔的诊断过于敷衍草率，完全忽略了以下事实：卡洛塔看似罹患精神病的症状，其实她是溴化物服用过量产生的暂时反应。甚至在警觉到她已经溴化物中毒后，他仍拒绝将其作为导致她生病的原因。相反，他坚称她就是得了精神病，并告诉麦克莱恩精神病院的工作人员，他打算正式宣布她“属于法律意义上的精神病患者”。随后，他还建议奥尼尔应该跟妻子永远分开，而且，他似乎还是在替她做检查之前就得出了这个结论。

后来，卡洛塔和奥尼尔都因这一错误的干预备受折磨。因为一开始，奥尼尔非常不明智地默许了穆尔的建议，并同意签署由一名纽约的律师出具、有穆尔医生共同签名的“陈情书”，坚称卡洛塔精神失常，无法再打理自己的各项事务。后来，卡洛塔曾反复提起这份著名的“请愿书”，并绝不原谅丈夫的这一“背叛行为”。

此时，穆尔医生已经打算安排卡洛塔接受永久院禁（即“非自愿的入院治疗”）。无论如何，这一在医学上并不合理的结果，都让麦克莱恩精神病院的工作人员们大为震惊。父亲要求介入治疗，正如在麦克莱恩精神病院工作的数年中替其他病人诊治时一样，从神经学和精神病学角度，为卡洛塔进行了一次全面检查[①]，最终出具了一份诊断书。父亲按照要求做完检查后，认为卡洛塔绝对没有精神失常，因此不应该接受院禁的安排。

消息传到穆尔那后，他做出了完全敌对的反应。“4 月的一天，”父亲在一份冗长而详细的备忘录中这样写道，“我接到梅里尔 · 穆尔打来的电话。他说他正和那位剧作家的几个朋友待在纽约。”他没说那几个人是谁，却声称他们都认为卡洛塔和奥尼尔均属于法律意义上的精神病患者。所以，他们的婚姻应该被解除，两人也应该被分别监护起来。就这位剧作家的情况来看，他的各项事务都应该交由纽约那群相信他已经精神失常的人来处理。他们会替他做出各种决定，比如，决定如何使用他那些作品的著作权。

---

① 根据父亲的笔记和他留下的一盒录音磁带，让他插手此事的是麦克莱恩精神病院的临床主任。主任相信，“有人共同协商”要结束卡洛塔的婚姻，并“将其监禁起来”，用我父亲的话来说，他们打算假借“非自愿入院”的名头将其监禁。主任还告诉父亲，卡洛塔是从马布尔黑德镇附近的塞勒姆医院转到麦克莱恩精神病院的。之前，夫妇俩一直住在马布尔黑德镇。用我父亲的话来说，她因为“溴化物中毒引起的精神错乱”（起初，这种精神错乱被误诊为癔病）而获准入院。父亲说，在此期间，奥尼尔也在住院。因为和卡洛塔大吵一架后，他在马布尔黑德镇的家中不慎摔断了一条腿。穆尔医生趁奥尼尔仍在塞勒姆医院期间，诱导他签署了那份宣称卡洛塔精神失常的陈情书。父亲说，他与奥尼尔的第一次会面是在“纽约的‘医生医院’”。当时，奥尼尔在那里治疗肺炎。

尽管父亲跟穆尔医生私交甚笃，但他在这件事上的行为还是让父亲大为震惊，因为他的表现不仅不专业，从法律层面上，还相当危险。他说，他被迫直接向他发出了挑战。

“我直接说出了下面的话：‘你的病人（指奥尼尔，当时，父亲还没有替他做检查）或许疯了，但我的没疯。这样的计划与我无关。’”然后，他又补充说，他会竭尽全力“阻挠和破坏此事”。见穆尔依旧冥顽不灵，父亲说：“梅里尔·穆尔，你疯了吗？”父亲警告他，他正让自己陷入的这种局面在法律上或许可以称为“犯罪预谋”。父亲写道，穆尔“似乎有些退缩”，因此通话也就此结束了。

之后不久，拉塞尔·克劳斯找到父亲，询问他是否可以去纽约，直接跟奥尼尔谈谈。克劳斯头脑冷静，是戏剧界的大人物，也是奥尼尔最信任的朋友之一。他想竭尽所能，帮助奥尼尔解决穆尔留下的医疗困境和个人误解。在克劳斯先生的要求下，父亲也像对卡洛塔一样，为奥尼尔进行了传统的精神和神经系统检查。

父亲得出结论：虽然奥尼尔的不幸，主要来源于精神因素和因身体衰弱导致的创造力急剧下降，但从任何医学或法律的角度来看，他显然没疯。他有权自己做决定，即便他做出的决定或许在很大程度上会受到意志坚定和保护欲极强的妻子的影响，也不能剥夺他的这项权利。

那次检查过程中，奥尼尔明确表示：如今，他非常后悔在穆尔医生的建议下做出了让步，还说他很想与妻子团聚。之后的事我就不清楚了，因为父亲的笔记并不完整，或者说，也许还有别的记录，但我没有找到。然而，据我推测，奥尼尔一定在与父亲的交谈和对答中找到了某种让他喜欢并信任的东西。所以，正如我之前所说，两人仿佛相处得舒适又融洽。但要解释到底是什么促使奥尼尔请求父亲成为他的医生，估计还需要长篇大论、事无巨细地把某些看似费解的事件解释清楚。

在此期间，已于一个月前离开麦克莱恩精神病院的卡洛塔，在父亲办公室对面一家很不错的小旅馆订了套可以俯瞰河景的套房。奥尼尔在一位护士的陪同下，从纽约抵达后湾站后，父亲前去接站，并把他带到卡洛塔跟前。卡洛塔至少在一开始，还是宽容地原谅了他，待他十分亲切。据父亲说，尽管在多年来的共同生活中，他们会激烈地争吵，但父亲依然相信，归根结底，两人还是完全依赖对方的。

奥尼尔对父亲说，两人共同经历了很多苦难，也从未停止过伤害对方，但他不能没有卡洛塔。他知道，她依然会如他最高产的那几十年里一样，勇猛并忠诚地保护他和他的利益。当然，就他在接受父亲治疗期间的身体状况来看，她的确遵循了父亲的指示，耐心而不懈地保护他，并在认为可能应该表达关心的时候，反复打电话给他。

有时，在奥尼尔的要求下，她也会给父亲打电话，而且通常是在夜里很晚的时候。那时，心情异常沮丧的奥尼尔会告诉她，如果有机会“跟哈里”聊会儿，他肯定会感觉好一些。父亲带着听诊器冲到他那儿去的情景，直到现在，我都历历在目。父亲会先快速地检查一番他的生命体征，然后在他上床睡觉之前，留在那儿陪他聊 10~15 分钟。显然，父亲的陪伴给了他一种安全感，让他更容易入睡。

母亲曾向我解释，父亲并不喜欢在卡洛塔和奥尼尔不和时扮演调解角色。而且，我也描述过他在其他家庭遇到类似困境时表现出的不满。尽管如此，在父亲漫长的职业生涯中，他诊治和照料过的所有病人，无论是身份显赫的名流，还是赤贫之人，抑或处在中产阶级边缘的人，他都自始至终尽到了一名医生应尽的职责。不管去哪儿，那个黑色的医疗包都始终陪伴在他左右。

第六章

真切的渴望

从2001年秋末和随后的整个冬季，到2002年春夏，父亲一直在问我是否可以带他回家。但他从未说明，到底是要回母亲的家，还是我的家。或者，有时候正如我们所见，只要看见我起身准备离开，无论我打算前往何处，他都会问是否可以带上他。他问这些问题时那副充满渴望的模样，让我想起了将近60年前的一段往事。

当时，我大约7岁，父母将我送进了缅因州的一个夏令营。虽然不确定我是否已经大到可以离家，父亲却认为，我要是能克服害羞的毛病，或许一小段独立时光对我是有好处的。他也相信，只要跟其他参加夏令营的孩子交上朋友，并迷上诸如“彩色大战”等夏令营活动后，我或许就不会像母亲担心的那样，想家想得太厉害。很快，他便发现自己错了。

“你寄给我们的信全都很不开心，情绪从可怜转变到了哀怨。‘你们什么时候来看我？你们什么时候接我回家？’”不过他说，“每次我们驱车一路来到夏令营（我们应该去了好几次，因为你的信简直像那些全然绝望的名著），你都会显得很吃惊，纳闷儿我们为何会出现在那里。”因此，跟夏令营的顾问或主管谈过之后，“你母亲和我又释然地回波士顿去了”。可接下来，他说，“我们刚一到家，又会收到一封新的来信，而且甚至比前一封更悲伤！

“我想，我们最终还是在闭营之前将你提前接回了家。你那几乎每天一封的来信，简直让我们受不了……”

那应该是1943年或1944年的事。我依然记得每天下午顺着楼梯爬上夏令营主管办公室买邮票的情景。只有如此，我才能告诉父母，被他们抛下的感觉有多么可怕。如今，父亲成了孩子，而我则成了他仰赖的那个大人。这一次，换成他不停地询问还有多久我才能带他回家。

当然，有的时候我到疗养院时，他似乎完全沉浸在西尔维娅、亚历杭德罗或露辛达的陪伴中。甚至在起初的一段时间里，我或许还会有种自己的出现很多余的感觉。不过，这种感觉并不会持续太久。到我离开之时，即便父亲没有要求跟我一起走，他也会一直目送我走向车边。

我不能将父亲带回家，带回我居住的那个又小又孤独的镇子。我的确时不时地琢磨过，如果能构建出一套坚实的支持系统，他或许就能回到与母亲同住的那套公寓。他们一直住在那套公寓里，直到6年前父亲搬进这家疗养院为止。然而，他的渴望看起来这般强烈，而我要面对的后勤问题又如此复杂，所以我总是第一时间便将之抛诸脑后。真不知道，任何类似的计划从医学角度来看是否可行。但这个念头又如白日梦般挥之不去，时不时就会重新出现在我的脑海。然而，他一再的恳求虽然让我难受、挣扎，这个想法却依然无法付诸实践。

然后，冬末的一天夜里（2002年3月末），我向西尔维娅提起此事。让我吃惊的是，她说她最近也开始产生同样的想法。她说：“你知道的，他现在总是问同样的问题。‘到回家的时候了吗？’”因为不想显得太冒昧，她措辞很小心。她说，她开始思考他是否真的需要再继续待在这里。“如果你想带他回家跟你母亲住，我要是能找到可以信任的人跟我轮班，我想，我还是可以去照顾他的。”

我很感谢她的好意，并告诉她，我需要再考虑一下，同时也想跟亚历杭德罗和露辛达谈谈。我也想过是否要跟父亲的信托律师谈一谈，因为他至少在理论上跟我分享过一些他有替父亲做决定的责任。

我先找了亚历杭德罗。时至今日，他已经仔细观察了父亲好几年。在这个问题上，我没有问他必须为此事付出的医学代价，也没有说西尔维娅提议照顾父亲的事；我脑中想的是另外一个问题，一个我觉得或许是最难解决的问题。

亚历杭德罗当然熟知父亲最近的那个愿望（其实，这个想获准“回家”的愿望，已经时常演变为一种强制命令），然而我不知道的却是回家可能给父亲带来的影响。无论他对此多么坚持，但我认为，回到一个已经数年未见的地方，他或许甚至根本认不出那是他曾经的“家”。

尽管那套能俯瞰查尔斯河与剑桥天际线的美丽套房还在那幢高层建筑中；尽管他曾经在那住了20多年；尽管他完成了大部分工作的那张漂亮桌子仍摆在屋里的那扇窗下，桌上的垫纸、牛皮纸夹和他那些医学方面的案头参考也都还在原处，但那个地方、那张桌子和上面的一切物品，甚至包括依然住在里面的母亲，真的还能再次容纳患病的他吗？在这点上，我必须要问自己，从任何意义上来说，“家”是否真的存在？父亲想要回到的那个地方，真的还能再成为“家”吗？

亚历杭德罗告诉我，我与西尔维娅讨论过的那件事，他已经想过一阵子了。但他也说，他会问自己的那个问题或许我并不会问。

“他有没有特别渴望的东西？”亚历杭德罗问，“有没有可能，就他有限的认知和意识来看，或许‘那个地方’早已不存在？”他还说，他也想过父亲脑中的那个家，是否就是波士顿的那套公寓。“你父亲跟我提过很多次他小时候跟母亲住在南波士顿时的那栋大楼。”而就在几年前，父亲还出现过跟他母亲通电话的幻想。亚历杭德罗问：到底哪个家、哪处地方、哪个潜在的目的地，才是我父亲渴望回归的家？

“还有，”犹豫了一会儿后，他接着说，“对他来说，‘回家’或许也有另一种非同寻常的意义，一种完全不同……”

和亚历杭德罗的这场对话发生在 4 月。之后不久，我又就此事跟露辛达进行了一场更长的谈话。对于我跟亚历杭德罗讨论过的那个问题，她说，回到曾经的公寓会对父亲产生什么样的效果，她也无法断言。不过，因为经常去那看望我母亲，所以我母亲已经成为她的密友。然后，她提出了一个我之前完全没想过的问题。

露辛达说，她在跟我母亲的聊天中，发现父亲搬入疗养院后，母亲在失落和哀伤的同时，某些复杂的因素也让她觉得，尽管父亲的离家“听起来很可怕”，却也让她“松了一大口气”。对于那些经历过家中成员罹患阿尔茨海默病的人来说，其中的原因或许并不稀奇。患病初期，病人的不安情绪会周期性地突然转变为情绪失控，从而对他人造成极大伤害。

母亲曾经就父亲日益衰退的财务管理能力说出某些不算太敏感的话后，他不止一次对她动手。比如，父亲会撕毁某些他误以为早已支付过的账单，还言辞恶劣地给这些账单的公司寄信。

母亲对父亲的所作所为感到不耐烦的时候，说话就会很刻薄。因此，她似乎没有意识到自己的某些评论会侮辱到他。有一次，父亲猛然将她推开，害她失去平衡，直接摔到卧室门边坚硬的地板上。

猛然意识到自己做了什么，父亲立刻蹲下来，伸手搂住母亲，低声下气地道歉。后来，他又在疗养院给母亲寄过一些充满悔意的信，明确表示他并未忘记那件事。不过，即便他不记得具体是哪件事，至少也记得自己曾伤害过她。

“亲爱的露丝，”搬入疗养院后不久，他在其中一封信中这样写道，“希望你能尽快抛掉那些不愉快的回忆。期待我们能找到一个最令人愉快的方式解决我们之间的种种误会；期盼能早日与你重逢……”

第二封信是一年后写的：“这是哈里 · L. 考泽尔医生写给他挚爱妻子露丝 · M. 考泽尔的信，借此向深爱的妻子表达深深的歉意。我一直都深爱着你，对你的爱永远都不会停止。无论曾经给你带来什么样的伤害，我都应该努力弥补。或许，我应该为你……”

他搬出公寓后寄给母亲的最后几封信中就有这封信，信里虽然没写他造成的伤害是什么（或许他早就不记得了），却表达了对母亲的思念和想回家的渴望。

“我挚爱的妻子住在波士顿马斯大道博伊尔斯顿街 780 号。今天是周三，我太想回到她身边了。求求你们，请帮帮我！”

我没见过父亲写的这些信，我怎么回想都觉得露辛达没有给我看过这些信。那是父亲写给母亲的，不是写给我的。所以，她或许觉得应该努力尊重两人之间的这点小隐私。

据露辛达所说，她把这些信带去公寓交给母亲时，母亲显然非常感动，谈起父亲时，语气中充满了怜爱和同情。但她也告诉露辛达，一想起父亲那些激烈的行为，还有她觉得他就要出手打她时的感受，尽管已经过了这么多年，但由此产生的恐惧或许还是没有完全消散。

进入疗养院后，在抗焦虑药物的帮助下，父亲那些任性的行为即便没有完全控制，也改善了不少。不过，他还是会定期出现坐立不安的现象。虽然他髋部的伤痊愈，站立和行走都不再需要别人的帮助，但每每到了深夜，他都显然需要护工的细心监督。如果护工们不在，也得有疗养院的正式员工来承担起这个任务。他要是深夜醒来，自己下床走出门或闲逛到走廊，就很有可能做出伤害到自己的事。而且，这种风险无时无刻不存在。

这种意外事件时有发生。有时是突发状况让疗养院的员工们分了心，但更多时候，他们纯粹是在父亲门外聊天聊得忘了一切。有一次，父亲撞上了一堆医用支架；还有一次，他径直闯进了一个女病人的房间。那个意外虽然没对两人造成什么伤害，却把那个女病人吓得放声尖叫。（我承认，露辛达后来那句虽然有些无礼，但颇具个人特色的评价把我逗乐了。她说："我想，她多半觉得自己魅力无边，连你父亲那个年纪的男人都难以抗拒呢！这念头也真够骇人的！"）

而且，即便最近几年父亲腿脚越来越无力，无法再独立行走，可一旦旁人忘了升起床边的护栏，他还是会爬下床，在屋子里转悠，直到撞上椅子，或如某次那样摔倒在地。[①]

那年春天晚些时候，我又跟亚历杭德罗聊起这些事，他立刻表示了反对意见，"你父亲那些乖张的行为早已不存在，也不会再伤害你母亲或其他任何人，他有可能伤害到的只有自己。"不管怎样，疗养院为保证他安全做出的防护措施，"不过差强人意"。亚历杭德罗注意到的这些，其他护工也不难发现，比如或许会到家里照顾父亲的西尔维娅。

---

① 根据一名护士的记录，父亲在疗养院还遇到过一次安全危机。"早上6点20分，哈里摔倒了，我们发现他时，他正躺在床边，左边眉毛上有道擦伤。"

正如我俩所见，要指望疗养院的医生做好医疗监控，几乎类似天方夜谭。

“他会进来看几眼病人的病历，或许也开点处方，做点指示……如果他真做了什么检查，我也不知道究竟是多久做一次。”

他觉得，如果好好安排，我或许能在波士顿找到能将病人监控得更好的医生。他认为，露辛达就是少数几个能仔细看护父亲的员工之一。他说，我要是最终决定带父亲回家，露辛达或许能设法每周过去照顾他一次。

我心中仍然有个疑问没有告诉亚历杭德罗：即便完全不用考虑母亲的安全问题，我还是得考虑，这件事会给已经完全适应独居的母亲造成什么样的影响。

我不想对母亲表现出半点不尊重的样子。母亲已经如此勇敢地面对了很多小麻烦，比如关节炎和精力不济（对一个将近 99 岁的老人来说，这也是正常现象）。老实说，她对一直照顾自己的那个人——西尔维娅，已经有种近乎专制的依赖。即便西尔维娅相信自己能同时照顾他们两个，我还是无法确定，要跟父亲分享他人的关爱，母亲会有什么样的反应。

是时候拜访母亲，跟她好好谈一谈了。

20 世纪 70 年代初，父母就搬进了那套他们居住至今的公寓。公寓包括一间主卧、一间次卧（供母亲睡着后，照顾她的那位护工稍作休息时用）、一间宽敞又迷人的客厅；客厅一头正中的位置，仍摆着父亲那张办公桌，另一头则是餐厅；餐厅旁边有个狭小逼仄的厨房。

母亲依然可以走进客厅，而且她常常是自己走过去，但有时也会有旁人搀她一把。天气好时，护工们偶尔会把她带到两层楼之间的那块绿草茵茵的夹层楼面，让她在那儿享受享受阳光，看看大步流星从她身边走过或沿着草坪那头的花坛和树篱散步的年轻人。

要是冷得不适合再出去，每天下午，等她照例在餐桌前喝完下午茶、吃完英国饼干（通常，护工们也会坐下来陪她一同享用茶点），护工们便会陪她在走廊或门厅散散步。

棒球赛季里，她都喜欢在夜里收看红袜队的比赛。父亲患病之前，他们常在哈佛俱乐部的超大荧屏上观看棒球比赛，有时还会在那吃晚餐或点心。父亲喜欢跟从没见过面的人搭话。母亲说，那些人中有研究生、律师、医生或别的学者，大多都是跟我同一代的人。双方相谈甚欢，都觉得比跟迅速消失的同龄人相处更有趣。

如今，母亲晚上都坐在床上观看比赛。她 95 岁那年，我曾送给她一件红袜队的运动衫作为生日礼物。她的护工们说，为早已熟悉的选手加油欢呼时，她总喜欢穿那件衣服，简直把它当作了幸运的象征。早些年，她是罗杰·克莱门斯的粉丝。但克莱门斯转而去纽约扬基队当投手后，她也迅速“移情别恋”。“他变得太胖。少了他，全队还能更好些。”（不久以后，佩德罗·马丁内斯就取代了克莱门斯在她心中的位置。）几年后，红袜队终于打破那个著名的诅咒，时隔80多年，再次捧回联赛冠军奖杯的那一刻，母亲简直欣喜若狂。

有一次，我问她是否还记得红袜队上次夺冠[①]的情景。虽然不记得具体年份，她却说：“那时候我才十几岁，正在波士顿女子拉丁学校读书。”波士顿女子拉丁学校是当时非常著名的一所中学，但现在已经关闭了。[②]母亲说，因为要非常努力地学习，才能赶上这所著名学校严格的课程安排，所以直到她又大了几岁，才开始观看比赛。除了课程学习之外，她每周还要花三个下午，从位于多切斯特区的家中搭乘电车一路赶往交响乐堂。她母亲认识一位波士顿交响乐团的小提琴手。从她10岁起，便

---

① 红袜队上次夺得联赛冠军是1918年，当时，我母亲14岁。2004年他们再次夺冠时，母亲不断地对朱莉娅（母亲最信任的一名护工，后文会经常提及）说：“没错，他们赢了！我看到了！”此外，她还让朱莉娅把她最喜欢的选手照片贴到卧室墙上。

② 事实上，根据官方记录，这所学校并未关闭，而是于1971年转为了一所拥有全新教学理念和新校名的男女合校。

一直跟着那个人学习小提琴。这么多年来，当年的那把小提琴仍放在曾经搭乘电车时提的那个老旧箱子里。

没有比赛，或因为比赛在西部进行而打到很晚时，她通常都会熬夜等着看10点的新闻。这时候，负责照顾她的护工便会调低电动床，在房间里一直陪到她入睡为止。

照顾她的那些护工里，与她最亲近、照顾她时间也最长的是一位跟我年纪相仿、名叫朱莉娅·沃克的女士。20世纪60年代，我在她家附近教书时，还认识她的孩子们。最近，朱莉娅告诉我，99岁之前，每天下午或晚上，我母亲都坚持要读《波士顿环球报》。日益衰弱的视力让她没法再继续下去时，就由朱莉娅挑一些重要的消息读给她听，并跟她展开讨论。朱莉娅说，大多数时候，她都对政治话题最感兴趣。

就我的记忆来看，母亲是个坚定不移的自由主义者。尽管一直关心政治，乔治·W.布什于2000年11月当选总统时，她还是迷惑了，让人忍俊不禁。

“他不是很久以前就当过总统了吗！怎么现在又回来了？”可见，她弄混了布什父子。

我不想过分强调母亲的思路有多么清晰。有时，她观察过某位公众人物后，顶多也只能给出一个既十分浅薄又稀奇古怪的评论。2001年的一天夜里，她就曾向我和朱莉娅宣称：“希拉里·克林顿受够了与她丈夫的婚姻，已经做好摆脱他的准备。”

“克林顿让她经历了那些事后，我对此一点儿也不意外。”朱莉娅说。

“我觉得，她想嫁给乔纳森。”母亲说。

“为什么是我？”我问。

朱莉娅一脸同情地看着我。

但母亲接着说：“她没有从丈夫那得到足够的重视，她需要再婚。”

让我松了口气的是，对于这个她最喜欢谈论的话题之一，她也只说到这儿便打住了。

除了这种充满母性幻想的时候，她在其他几个喜欢的人面前也会允许自己偶尔放松一下。但其他时候，她的思路依然是相当清晰的。负责管理他们信托财产的律师相信，她依然有能力签署自己的所得税申报单，握着律师钢笔的手也不过稍微有点颤抖而已。和父亲一样，她也委任我做她的医疗保健代理人，好在某个需要急诊、她却已无力再做出明智决定时为她拿主意。不过，现在还不到那个时候。无论在这一点还是其他场合，我都没有限制她自主的意思。她完全可以选择行使她的意愿，并自己做决定。

父亲被送进疗养院后，少数几个来探望母亲的人都觉得她已经没什么自理能力。因为他们抵达公寓后，她几乎都是完全忽视他们的存在，甚至不止一次根本不跟他们说话。沉默了一段时间后，她曾直截了当地对其中一位来访者说：“我不相信你，不想跟你说话，赶紧回家去吧！”

他们的自然反应都是再次重温拜访之前就已确定的无知假设。我想，因为母亲已经认识到他们是如何看待她的，所以她在这个自我确认的过程中，为捍卫自己尊严而战，不让自己被他们引入显然是在测试她神智是否清醒的谈话，完全是情有可原的。

其中一个人曾对我说：“她简直是个疯子，甚至连话都不愿意跟我说！”我一点儿都不认为这是疯狂的表现。她喜欢跟朱莉娅和露辛达长谈。我有几个比我小一些的朋友早在父亲患病前就认识她，并非常喜欢她。她也很喜欢没完没了地跟他们聊天。她为何期待他们的陪伴，并能如此坦率地跟他们交谈？我想，那一定是因为她知道他们尊重她。

即便在陷入自我幻想的那些夜里，无论她的语气听起来多么坚决或固执，也总会带上一丝滑稽意味，仿佛预示着她知道自己或许已经陷入某种半真实半虚幻的状态。

“我想，你母亲在努力让某样她喜欢的东西‘延伸’到现实中来，她内心深处是很清楚这个过程的。”朱莉娅说，“我想，她知道现实与幻境之间的差别，这好比她正在跟某样东西玩耍。我想，我要是告诉她，我认为她说的某样东西不对，似乎就会拖慢她的思维，或彻底终结她正在编织的某个故事。”

对此，我感同身受。几句类似“别犯傻”之类的话，往往就能把母亲拉回到现实世界中来。

直到面对重大的医疗决策，她依然保持充分的理性，不需要我的批准或意见，完全自己做决定。她的医生在她的一侧卵巢中发现了一处令人不安的异物。活检之后发现，那是处不断增大的恶性肿瘤，不过目前体积还很小，影响的范围也不大。

那位医生虽不是老年病学家，也是波士顿有口皆碑的杰出从业者。他告诉我，像我母亲这般年纪的女性，即便常规的外科手术也会不可避免地面临诸多风险。他对我说，她要是没有术后并发症，就是相当可喜的结果了。

“她依然很有精神，也活力十足……你要是下定决心，我就安排把她转到麻省总医院。我想尽快为她实施手术。”

我把这事告诉母亲后，她说她已经做出决定。

“做吧！把那东西解决了！我还不想死。等到想死的时候，我自然会告诉你……”

我让她住进了麻省总医院的菲利普病区，那里的病人能稍微得到一些额外的关照。各种术前检查后，她在一个周日上午接受了手术。从麻醉中安然醒转后，她只在医院待了三天便被送回公寓。回家后，她很快便完全康复了。

我早该就如何安置父亲的事跟母亲谈一谈了。这场谈话已经被我推迟太久。不过，以上便是进行谈话前我母亲的基本情况。

6 月末的一天夜里，我坐到母亲床边，告诉她我一直在考虑父亲的事，并把跟亚历杭德罗讨论的医疗问题和西尔维娅要帮忙的提议也一并说了出来。同时，我也表明无论是我还是跟我商量过此事的人，似乎都无法确定再次回到这套公寓居住会对父亲产生什么样的影响。

我说，尽管他目前精力不错，但谁也无法预测他还能活多久，或许几年，但我也听说，无论基于何种理由，一次严重感染或手术过程中出现的某些问题，都很容易让他陷入难以度过的危急状况。我尽力向母亲解释，虽然知道这么做或许很不切实际，但我真的非常想赶在那种情况发生之前让父亲在家中度过余生。

她打断了我的解释，说："我想让他回家。"

我却坚持向她强调，这么做或许会给她现有的生活模式带来怎样颠覆性的影响。我提醒她，父亲对他人帮助的需求或许比她更大。因此，要是父亲住回来后，护工们不如现在这般关爱她了，她会怎么想?

“我想让他回家。”她无视我的问题，又重复了一遍，“你父亲现在就像个孩子。他已经离家太久。去替他买张床，还需要什么别的东西也一起买了吧。告诉律师，给我开张支票就行。”

我告诉她，我觉得应该先跟律师谈一谈，再开始推行这些计划。

“为什么要把时间浪费在律师身上？”她说，“告诉他，我已经想好了，不需要征得他的同意，他不过是个磨磨蹭蹭的律师而已！我已经想好了！”

接着，我又问如果真打算这么做，她希望我把父亲的床（他需要一张医院用床）放在她的卧室还是别的房间。她的回答似乎不带一点儿感情。

“我为什么要让他待在这个房间?那我就别想睡觉了。放在另一个房间吧，然后再到客厅放一张床，给朱莉娅睡。”

虽然我还有疑问，她却不想再听下去。她认为，这个问题她已经考虑得足够清楚。

“不用再说了！去告诉朱莉娅一声，我想喝杯茶。我们去餐厅喝。”

我们关于父亲的谈话就这样结束了。出去后，我把这个消息告诉了朱莉娅。她知道我一直都在考虑此事。西尔维娅虽然礼貌，却一直都有接管此事的意愿。因此，她早已行动起来，当然难免把自己的想法告诉朱莉娅。因此，朱莉娅从我这儿得到的唯一新闻，就是我母亲的反应和她不让我再讨论此事的决心。

“她一定让你为难了，”朱莉娅说，“上帝保佑她，但她毕竟是你妈妈！”

朱莉娅和我拿出一盒母亲很喜欢的饼干，又切了几片松软干酪和爱芒特奶酪端到餐桌上。我拿出母亲最喜欢的茶壶，然后，我们三个人便像往常一样开始喝茶。一端起茶杯，母亲暴躁的情绪立刻消失得无影无踪。喝完茶后，我立刻起身吻吻她，便逃跑似的告辞了，唯恐再惹她不高兴。

但她还是找到机会，对我那件看似有些寒碜的毛衣表达了不满。

“拜托，去给自己买件体面点儿的毛衣。隔壁那家罗德泰勒百货公司就行，千万别买便宜货！”

我其实并不需要买毛衣。她已经给我买过两件，我都还没穿过。但不管怎样，我还是答应一定照她说的办。我就想赶紧出门，趁开车回家的空当，安安静静地好好想一想。尽管她已明确地下达了命令，我依然需要一些时间才能做出那个最终的决定。

第七章

回家

接下来的几个月里，我一直为是否要对疗养院下最后通牒犹豫不决，而西尔维娅、亚历杭德罗和其他轮班的护工们依然开开心心地陪着父亲度过了一个又一个下午和晚上。在此期间，我也经常驱车前往疗养院，陪他共度傍晚时光。

6 月末的天气已经很像夏天，7 月的第一周甚至算得上炎热。我住的那个小镇上，十几岁的男孩和年纪稍微大点儿的男人都带上渔具，到横穿镇中心的一条河流边钓鱼。树冠华盖轻笼水面之际，他们常常在那里待到日落西山。

一天晚上，跟父亲同坐在阳台上时，我告诉他那天下午我看见一群男孩在我家附近的一块凸岩下钓鱼。这让我想起小时候他经常带我在缅因州一个湖泊中钓鱼的情景。那时候，我估计才 8 岁或 10 岁。我抬起手臂，模仿抛竿，做了个大幅度的摆臂动作；他也如曾经教过我的那样，跟着摆动了一下手臂。

我发现，他这么做或许并没有受到任何回忆的影响，也许只是自动模仿我的动作而已。但他的眼睛亮了，即便没有说出任何跟往事有关的话，他还是重复了几次抛竿动作，目光越过阳台的木制围栏，遥遥地望向远方，好似看到了插着鱼竿的那个地方一般。

对我来说，那些钓鱼之旅中发生的每件事都好似伟大的冒险，比如，走上码头做准备工作、进入幽暗的松林深处、抵达一平如镜的水边，等等。通常，我们都会租一艘船尾有马达的划艇。在越过开阔的湖面后，我们便会关掉马达，用船桨把艇划到清晨会有鱼儿觅食的某个小湾。我们轮流站上船头，努力选择一处尽可能离岸较近的阴暗处抛下钓线。钓线经常卡在水面下的一块木片上，或被睡莲叶给缠住。每当此时，我们就得挪动划艇，尽量把手探到水下，努力解开钓线。要是解不开，便只能把线割断，另外上饵，重头再来一次。

父亲有各种尾巴上缀着亮丽彩色羽毛的鱼饵，一堆用肠线制成的细丝。我想，那些细丝一定是用来将鱼饵拴到钓线上的。此外，他还有一把弯弯的大渔人刀和数罐带窄喷口的油状物质。每样东西都分门别类地放在钓具箱的小格子里。那个钓具箱和那两根带卷轴、侧面看来如大理石般漂亮的鱼竿至今仍存放在我的车库里。大约一个月前，我再次打开那个钓具箱时，回忆顿时如潮水般随着那股混着其他味道的油味蜂拥而来。

我想过，某天一定要把它带到疗养院，说不定，那些银匙状的东西、夏威夷孑孓和其他令人着迷的诱饵，也会让父亲如我一样，生出几分兴奋之感。我不知道自己为何始终没有把它带去那里，或许，我是害怕它已经对他失去意义了吧。打开箱子后，他可能好奇地往里张望，却很可能一脸的困惑与迷茫。我想，我或许已经下定决心，它已经成为车库里的一份回忆，应该永远待在那里。

那个月和接下来的一个月里，我又回到公寓，继续跟母亲聊这个话题。我想确定她没有改变主意，但每次问她此事，她都会打断我。

“别再老提这件事了。”她说，“不是已经告诉过你，我下定决心了吗！”

一天晚上，她睡着后，我走到客厅，在父亲办公桌前待了一会儿，翻看他把大部分资料打包寄到我家后仍留在抽屉里的一些文件。在一个他并未贴标签的文件夹里，我无意中发现了一份尤金·奥尼尔临终遗嘱[①]的副本。遗嘱上的日期是1948年。虽然我不知道具体原因，但这显然是卡洛塔交给父亲，让他存入自己资料保险箱的。（这位剧作家去世前，遗嘱还会被修改两次。）我还找到几封卡洛塔寄给父亲的信，并吃惊地发现了一封奥尼尔为其狗狗写的遗嘱。

我把文件夹和其他几样东西都带回了家，以便细细察看。剧作家为这条名为斯维尔达纳·恩布勒姆（奥尼尔叫它“贝勒姆”）的大麦町犬写的遗嘱[②]甜蜜、温馨又俏皮。人们几乎很难相信，它竟出自一个如此痛苦忧虑、暴躁不安，大多数作品都异常严肃的剧作家之手。

“我，斯维尔达纳·恩布勒姆……”贝勒姆的遗嘱这样写道，“多年的生活重担和不堪病弱的身体让我意识到，我的生命即将走到尽头。因此，我借由主人之手，写下我的临终遗嘱……如

① 我在父亲办公桌里找到的这份遗嘱副本写于1948年6月。根据父亲写给罗伯特·梅泽夫（卡洛塔聘请的一位波士顿律师）的信来看，后来这份1948年写下的遗嘱被1951年3月5日写下的另一份新遗嘱取代。新遗嘱是奥尼尔趁卡洛塔在麦克莱恩精神病院时，在梅里尔·穆尔的催促下签署的。随后，那份遗嘱也被撤销，由第三份遗嘱取而代之。我相信，第三份遗嘱是由梅泽夫起草的。

② 我第一次读到的斯维尔达纳·恩布勒姆·奥尼尔的遗嘱，是一份打印的文件，文件上的落款是这样写的：“大道别墅，1940年12月17日。”奥尼尔去世6年后，卡洛塔把这份遗嘱的私人印刷副本寄给了父亲。她在副本上题写道：“来自奥尼尔、贝勒姆和卡洛塔。”

今，我已经又瞎又聋又跛，甚至连嗅觉也丧失了。即便一只兔子从我鼻子底下蹿过，我或许都察觉不到……我想，生活已经在嘲笑我的苟延残喘……是时候跟这世界说再见了……

“狗不像人那么害怕死亡。对我们来说，死亡也是生命的一部分……死了之后可能发生什么事，谁知道？”

接下来，贝勒姆建议主人应该另外养条狗，最好也是条大麦町犬。

“我于 1929 年在巴黎爱马仕订制的项圈、皮带、外套和雨衣都留给主人。那些东西他穿起来，肯定不如我出彩。以前，无论是在旺多姆广场溜达，还是后来沿着派克大道散步，所有人都一脸艳羡地盯着我瞧；但是……我肯定，他一定会尽力表现得不像条笨拙的乡下狗。”

在它“最后一部分告别词”中，贝勒姆向主人保证，他和女主人任何时候去它坟前探望，“无论我睡得多沉，都能听见你们的声音。死亡的力量，也无法阻止我的灵魂向你们欢快地摇尾巴”。

装贝勒姆遗嘱的那个信封里，有一张它跟奥尼尔的合影：一人一狗正在一片倾斜的草坪上休息；奥尼尔倚在一边手肘上，贝勒姆则用两条前腿支撑着身体。照片拍摄于 1931 年，当时，奥尼尔住在纽约长岛。

“在纽约的那年秋天，哀悼降临。”卡洛塔把这张照片给父亲时，行云流水地在背后写下了这句话。

卡洛塔做过很多友善的举动，比如，她会时不时给我母亲送花，通常还会附上热情洋溢的关爱之情。即便面对她的这些举动，父亲的注释也清楚地表明，因为她在麦克莱恩精神病院遭到的不公平对待，他始终对她抱有一种复杂的同情心理，并痛苦地认识到，无论她多么“残忍而充满复仇心理”地对待他人，甚至有充分的理由厌恶他们，她也应该得到原谅。

“她依然痛恨戏剧协会的劳伦斯·兰纳。因为他叫梅里尔‘证实’她精神失常，所以她还叫他‘婊子养的’……”

父亲注意到，卡洛塔也会贬低奥尼尔。生气的时候，她不止一次当着我父亲的面，蔑视他在床上的表现。父亲认为，考虑到奥尼尔虚弱的身体，这种侮辱简直毫无根据、荒谬至极。奥尼尔也会反唇相讥，不断地侮辱她，比如，他想让她替自己做某件事时，就会大喊：“我的婊子在哪儿？”或者，有时候也会换成：“那该死的婊子呢？”①

---

① 父亲引用尤金·奥尼尔的话、奥尼尔与卡洛塔之间的争吵以及提起女儿时，奥尼尔表达出的悔意——本书在此处及其他地方对上述场景的描述，主要的参考资料均为我父亲手写的笔记和他打印的更为详细的记录。那些记录源自与奥尼尔的交谈，以及之后不久，父亲自己定期记录下来的观察、思考和总结。他与奥尼尔的女儿乌纳在其位于瑞士家中那些最初和随后的谈话，也通过他的笔记和两人的通信保存了下来。

“你这个恶心的浑蛋，”有一次，她这样应道，“要不是我这个婊子，你如今会在哪儿？臭水沟里！或者疯人院！你那些剧院里的朋友忙着兜售你的剧本时，多半会把你塞到那里去！”

即便有如此不愉快的争吵，我父亲也再次注意到，虽然处理奥尼尔各项事务时，卡洛塔偶尔手段暴虐，但奥尼尔依然非常依赖她超强的能力。而且，除了他最急躁或最愤慨之时，每每说起卡洛塔，他都充满感激。他感谢她在他全力工作时，充分有效地行使她的权利。她要是不动用那些权利，他需要一心一意“释放脑中作品”（用我父亲的话来说）时或许就会受到干扰。不过，起初他觉得那些作品依旧残留在他体内。

提到卡洛塔给他提供的保护，奥尼尔说创作新剧初期渐渐沉浸其中时，他总有一种绝望之感。他说，他往往都有这样的经历：“要困住内心那种急欲挣脱而出的创作灵感，会给他带来一种蚀心噬骨的罪恶感，唯一能让我平静下来的办法就是写剧本。”

与此同时，他写作时需要实现的那种孤立程度虽然得仰赖卡洛塔的帮助，但他也说，即便没在写作剧本（事实上，他已经好些年写不出任何剧本了），她决心切断一切外在干扰（包括他或许会喜欢的那些干扰）的做法也依然不减分毫。比如，他说，其他女人若稍微对他表现出些许兴趣，都会被卡洛塔执拗

（用我父亲的话来说，她的反抗甚至可以用“凶猛”来形容）地挡开。

由此回忆往事时，奥尼尔曾向父亲提起一位名叫帕特里夏·尼尔的女演员。当时，年仅20岁的帕特里夏参加了他一部戏剧的试镜。[①]尽管她最终没能得到那个角色，两人却很快建立起一段愉快的友谊。奥尼尔承认，他觉得她“很有吸引力”“非常漂亮”，还说他从她身上感受到了“崇拜”和“爱慕”。

剧作家和尼尔小姐的友谊日渐升温时，他的震颤反应已经相当厉害，基本不可能与一个21岁的姑娘在肉体上发展出什么情人关系。因此，据奥尼尔所说，两人之间完全是清白的。他说，他曾跟她喝过一次“冰激凌苏打水”，并轻松随意地聊过几次天。不过，他也说自己向卡洛塔隐瞒了两人之间的会面。卡洛塔听说了他们的事后，大为震怒。

“见鬼！跟我斤斤计较那事，根本不值得。（他指的是“追究此事”）我需要卡洛塔……她是我的庇护者——有时，我也算是她的俘虏。”

---

① 帕特里夏参与试镜的那部戏叫《月照不幸人》（*A Moon for the Misbegotten*）。1947年，该剧虽在几个城市巡演，但在剧作家有生之年里，它却并未登上百老汇舞台。尼尔小姐在她的自传《平凡如我》（*As I am*）（纽约：西蒙与舒斯特出版公司，1988年）中，曾谈起与奥尼尔的那些会面和两人之间的友谊。

即便两人搬到波士顿，奥尼尔开始接受我父亲的治疗后，卡洛塔仍对他与帕特里夏·尼尔的友谊耿耿于怀。1952年，奥尼尔曾向父亲透露，一位打算再次将其《榆树下的欲望》搬上舞台的制片人将与帕特里夏签约，请她出演女主角。然而，卡洛塔迅速干预，命令制片人终止谈判。

随后，尼尔小姐的事业遭受接连打击，令她备受脑损伤的折磨。然而，一番英勇抗争下，她还是取得了最终的胜利。[①]重返舞台后，她参与了多场演出，大获好评。卡洛塔反对帕特里夏获得那个奥尼尔认为很适合她的角色，这件事父亲一直都记得。至少直到1968年，他看见《纽约时报》上一则提到帕特里夏的消息时，对曾经刺痛他的那段回忆显然记忆犹新。

"勇敢的女人……我告诉过你，奥尼尔非常喜欢她吗？"

父亲发现，卡洛塔对奥尼尔做决策时的压制，甚至会无辜地牵连到他。比如，有一次，奥尼尔曾跟父亲说他喜欢在收音机上听球赛。父亲立刻心领神会，问奥尼尔是否愿意跟他去芬威球场（该球场离奥尼尔居住的旅馆仅几个街区远）看场球。

父亲的记录说，奥尼尔的反应"就像个孩子"，完全是种

---

① 据2010年8月9日《纽约时报》刊发的帕特里夏·尼尔讣告来看，1964年，这位女演员凭借《原野铁汉》（*Hud*）一片获得奥斯卡奖后，于1965年突发脑溢血。然而，她成功地于1968年重返影坛。

“小男孩的兴奋模样”以及“卡洛塔却坚决反对……”。父亲不由问自己，她反对的理由是什么。难道她认为两人会一去不复返、“越狱潜逃”，然后决定再也不回来？即便她完全信任我父亲在这种无足轻重之事上的判断力，自己的丈夫和他的医生去球场待一下午，却似乎对她构成了威胁。①

在一张措辞更加严厉的便条上，她坚决抵制奥尼尔有任何想要联系女儿乌纳的倾向。因为反对女儿过于活跃的社交生活，奥尼尔在她 17 岁那年便与之疏远了。他认为，报纸大肆宣扬他女儿生活的做法，严重伤害了他的名誉。一年后，当她爱上比自己年长很多的演员查理 · 卓别林，并很快便嫁给了他时，奥尼尔更是表达了比以往更加强烈的反对之意。

从那以后，奥尼尔开始反思他对女儿的严厉，卡洛塔对乌纳的敌意却丝毫未减。1953 年，《波士顿环球报》刊登了一张乌纳和她孩子们的照片，父亲写道：“我只能偷偷摸摸地把这张照片拿给奥尼尔看。卡洛塔也发现那张照片后，立刻将报纸揉成一团，并从此取消了订阅。”

“奥尼尔”去世几年后，乌纳从瑞士的家中给我父亲写过信。在另一个装有两人通信的文件夹里，有张备忘录这样写道：

---

① 据父亲的笔记称，后来她还告诉旅馆的工作人员：“没有她的允许，奥尼尔不得离开大楼半步。”

“后来，她曾坦言自己非常伤心……”自己父亲死后十几年一直被排斥在外的乌纳，此刻却产生了一种强烈的渴望：她想知道更多关于他的消息，了解我父亲照料他的这些年里，他的所思所想以及他的悔恨或回忆。她问我父亲，是否同意与她在瑞士见面。

起初，父亲不确定这么做是否明智。一方面，剧作家和他女儿关系破裂已久，所以他担心情况对乌纳来说并不会好到哪儿去。长谈或许无法安抚她的渴望，反而只会揭开旧日伤疤，让她伤得更深。另一方面，奥尼尔又在一些声明中提到自己的女儿。父亲相信，在瞒着卡洛塔的情况下，那些声明传达了一种乌纳或许没有意识到的温柔。比如，奥尼尔在一次回忆中，充满爱意地聊起了小时候的乌纳。此外，他也不无悔恨地想起面对乌纳少年时做出的种种独立选择，自己的反应是那样糟糕。

“她——那会儿还很小——给我带来了力量，就像个天使一样围绕在我身边。见鬼！我竟有些怕她，但我依然很爱这小东西。该死，我真是太自私了，”他说，“显然，我伤害了她……她和朋友们在饭店纵情欢乐时，我却写信去骂她。我他妈有什么权利这么做？我抛弃了他们（指乌纳和他的哥哥沙恩）和他们的母亲（指奥尼尔的前妻——一位名叫阿格尼丝·博尔顿的作家。奥尼尔邂逅卡洛塔时，他们已经结婚）。”

说完自己抛弃妻子的事后，奥尼尔问我父亲："你知道内疚的滋味吗？"接着，没等父亲回答，他又说道，"它还有别的形式吗？"

提到卓别林时，奥尼尔对父亲说："她嫁给他，我只能怪自己。我把这视作一种自我惩罚。"接下来，他又立刻补了一句，"但他一定会比我做得好。"这句话后，父亲用括号添了句说明："奥尼尔在此处使用了将来时态。"这种用法让人觉得，即将嫁作人妇的女儿，在他眼里依然是个少女。

"哈里，"他说，"好好照顾她，她比我更应该得到幸福。"父亲再次在括号里写道："这话真是让我迷惑不解。"不过，因为他并未反驳这个要求，所以父亲相信，自己的确做出了某种承诺。

这个文件夹里只有一张瑞士"美岸酒店"的信纸，由此可见，父亲终究还是接受了乌纳的邀请，和母亲前往瑞士，与乌纳夫妇在其位于科尔西耶·沃韦小镇的家中会面。科尔西耶·沃韦离洛桑大约 12 英里。"我觉得自己必须遵守诺言……于是，我去了。乌纳一直在轻轻呜咽。"父亲这样写道。虽然他们随后还聊过几次，但父亲明显在第一次会面后就于当天夜里做了记录。

父亲多年前写下的这些资料，再次让我想起他对奥尼尔的感受。通常来说，人们往往认为奥尼尔是个冷漠疏离、只忠于自身创作的人，但父亲仍觉得他非常忠诚。奥尼尔（聊天中，父亲经常叫他“吉恩”）对父亲与日俱增的依赖，为父亲带来了他职业生涯中最耗费精力，也最辛苦的一段医患关系。但在那两年半时间里[①]，照顾这位他无比尊敬的作家，父亲得到的满足感是其他任何时候都无法比拟的。

奥尼尔相信，自己并非仅仅是个与本国其他五六位大剧作家齐名的杰出作家。我想，大多数剧院史学家应该也是这么认为的。正如大多数评论家所见，他在戏剧上取得的伟大成就，以及他那能引人愤怒哀恸的能力，足以让他与奥古斯特·斯特林堡、亨利克·易卜生和伟大的法国古典主义作家高乃尔·拉辛比肩。我父亲也曾大胆地这样评价道：“至少，他已经接近古希腊悲剧作家……”

现在，突然有机会了解这个男人全部的情感世界，并在其首肯下，想尽办法平复他长久以来的混乱心绪，对我父亲来说，无疑是他临床治疗的一段巅峰经历。正因为如此，我才觉得自己有义务将父亲托付给我的一切都原原本本地讲述出来，甚至包括某些不太重要的辛辣讽刺、细枝末节的文坛逸事，或插科

① 父亲对奥尼尔的治疗始于1951年5月中，一直持续到1953年11月27日剧作家逝世时止。

打诨的琐碎趣事。

有次检查时，奥尼尔玩性大发，脱下浴袍，非让父亲穿上不可。父亲说，那件浴袍非常贵，估计是卡洛塔在巴黎或纽约的某家精品名店给他买的。“这衣服衬得你格外高雅。”奥尼尔点评道。父亲说，他知道自己的样子很滑稽，因为奥尼尔比他高，“对我来说，那件浴袍实在太大了。”他说，奥尼尔“见我穿着那件几乎拖地的浴袍，还努力摆出一副严肃认真的样子，简直笑得前仰后合”。

这会儿，夏天几乎已经过去。曾经给父亲带来无数爱与欢乐的“小淘气”开始在迅速增长的恶性肿瘤下备受折磨。最近几个月，它身上癌症的发展速度都一直低于医生的预期；然而，上天对“小淘气”的恩惠终究还是走到了尽头。8 月的最后一周，它彻底闭上了右眼，也没有力气上楼到我身边睡觉。此外，它也开始失去胃口，除非我用手喂食，否则就不吃东西。我知道它大限将近，要是再努力将它留在这个世上，就是不对的了。

一天晚上，我把它放进车里，带它去见父亲最后一面。它太虚弱，既无法爬上他的膝盖，也没法再跟父亲玩他一直都很喜欢的抛接游戏。它只能蜷在父亲面前的地毯上，在他弯腰抚摸它的耳朵时舔舔他的手指，抬头望着他。此时此刻，它能做的也只有这些了。

一年前，母亲居住的那幢大楼业主更改了那里的宠物条约。因此，母亲只在8个月前的冬天见过“小淘气”一次。当时，我成功说服看门的那位女士为我破例一次，把“小淘气”放上楼，给母亲一个生日的惊喜。

当时，“小淘气”还没有那般萎靡不振。它像往常一样蹿进母亲房间，跳上她的床，舔了她满头满脸的口水。“小淘气”简直是坐在了母亲身上，她却并不在意。接着，“小淘气”又冲进客厅，在一张椅子上找到母亲给它的玩具小熊，一口把它拽下来，拖到房间另一头，毫不怜惜地摇来晃去。

一周后，母亲说她梦见了“小淘气”。“我们带它去四季餐厅（父亲生病前，他俩有时会去那吃晚饭）。一群小女孩在门厅玩耍，女孩们往它脖子上套了根长长的粉色缎带，然后围着它一边转圈，一边唱《山谷里的农夫》。然后，它也跟着她们跳起舞来！

“它摆动着四条小腿，跳得可好了，让每个人都惊讶不已。”母亲说，门厅的里一个男人“是搞电影的”，他立刻拨通了一位电影经纪人的电话，称，“他们决定拍一部‘小淘气’在这儿跳舞的片子！”

另一天夜里，母亲又做了个关于“小淘气”的梦。她梦见我上大学前认识的一个男孩（她向来不喜欢他）试图杀掉“小淘气”。梦中，我父亲说：“我不相信他，看来我是对的，我一直都知道他人格扭曲。”不过，母亲也说，她在梦中问自己：“这事是真的吗？我醒了吗？还是仍在做梦？”

接下来的几个月，她一直向我打听“小淘气”的情况。她知道大楼更改规则后，我曾成功地将它带进来，所以我不再带它来的事让她越来越狐疑。随着夏季一天天过去，肿瘤也越长越大。我只得尽力用模棱两可的理由敷衍母亲。然而，她颇具钻研精神的本能实在太过敏锐，我根本无法骗她太久。在她的连番审问下，最终，我只得告诉了她实情。

“我就知道。”因为知道我一直在骗她，她的口气并不友善。

8 月 28 日，她说她又做了个梦：“你睡在楼上。那有段狭窄的楼梯可以通到楼下。有时，‘小淘气’会从床上爬起来，跑到楼下的客厅。一天夜里，你醒来之后发现它不见了，于是也走下楼，在沙发上找到了它。你坐在它身边，将它搂进怀里。它抬头看着你，眼里却满是悲伤。那时，它已经一动也不能动了……”

母亲做那个梦时，“小淘气”已经虚弱得连屋外的花园都去不了了。我把报纸放在厨房门口，它又恢复了小时候的习惯（还是小狗崽时，我便那样训练过它）。但那一天终究还是到了。

即便我拿着它最爱的食物引诱它，它也不肯再吃东西。我给打小就照顾它的那位兽医打电话，他真是非常好心，决定开车到我家，帮助“小淘气”长眠。

把它葬在过去经常玩耍的花园后，我驱车前往波士顿母亲的家中。刚提到“小淘气”的名字，一句话还没说话，母亲便抬起她那只患了关节炎的手，搭在我的胳膊上。朱莉娅陪我们坐在卧室。后来，她注意到我母亲并未像以往那样脆弱而迷离地陷入她时常依赖的幻境中，反而异常坚定地直面痛苦的现实。

“这是我们要接受的惩罚。”母亲说。

“考泽尔太太，这怎么是惩罚呢？”朱莉娅问。

“爱的惩罚。”母亲轻声回应道。

随后，朱莉娅去了厨房。茶点准备好后，我们搀扶着母亲来到餐厅。

朱莉娅熟练地将母亲安顿在椅子上。喝完茶后，母亲问我是否能去卧室写字台里找张“小淘气”小时候的照片来。把照片递到她手中后，她说她想单独在餐厅待一会儿。

“你现在可以走了。”她命令道。

朱莉娅和我一起来到走廊。我想，她知道我想待在这，再多陪陪她。那突如其来的空虚感正在家中等着我，我一定会觉得非常难熬。

到了 9 月中旬，父亲的事我已经耽误了整整一个夏天。最终让我下定决心的，既不是母亲坚定的决心，也不是那些给我意见之人的支持。迫使我不得不采取行动的是父亲信托律师提供的一条意想不到的信息。

他替我父母投资了几笔资金。前几年，我问过他几次，那些钱是否还够支付疗养院高昂的开支（保险公司或老人医疗保险系统都无法报销这部分费用）、父亲需要的额外护工、母亲需要的护工，以及母亲的房租和住在公寓里的一切其他开销。他总是例行公事地说上一句“你父母的经济情况良好”之类的话，表示没什么好担心的。三年前，在他的努力下，他们的资产已经接近 200 万美元。

现在，情况却突然变了。而且，只有当我问起，他才告诉我因为当年和前两年市场低迷，他们的总资产已经缩水了 1/4。而且，照他们目前的消费速度，剩下的钱只够支撑 18 个月左右。

一次会面中，我们粗略地做了一番计算。最后，他总结道：除养老院的开支和一些额外的支出，我或许需要承担上门护工的费用。这样的话，我父母的资产估计还能支撑 3 年多。届时，他们（或其中的一人）若依然在世，就将一贫如洗。

第二天，我坐到西尔维娅面前，问她是否有可能抽身于目前效力的机构，避开那份必须履行的职责，以省下该机构对外收取的那一大部分服务费。她告诉我，她觉得这应该不成问题。（该机构总监了解相关情况后，同意了她为我们服务的请求。）西尔维娅还说，她想再跟朱莉娅谈谈。如此一来，她们就能估算出到底还需要多少人，尤其是她或朱莉娅都离开的时候。

过去，我经常就西尔维娅“接管一切”的强烈愿望开玩笑；如今，我却发现自己非常感激她的这些品质。她做起事来总是干脆果决、雷厉风行，让我得以自由地着手很多其他需要尽快处理的细节。

告诉露辛达我已经下定决心时，她答应在尽其他义务的时候，至少定期监督我父亲的身体状况。尽管已经做好免费帮忙的准备，我还是说服她接受我微薄的酬劳，因为她不仅要供养家庭，还得支付执业护士的学费。

然而，我最依赖的两个人必定还是西尔维娅和朱莉娅。要是没有她们，我根本无法将父亲带回家。虽然根据制定的日程表，两人有足够长的共同工作时间，可以协助对方解决一些无法独自完成的任务，但每天还是有很长一段时间她们得完全靠自己。

两位女士异乎寻常的道德感赋予了她们极强的责任心。尽管我一直渴望对病人的这种密切关注，事实上，那些不久就会成为父亲主治医生的波士顿老年病学专家却并非总是指望得上。

因此在父亲最后的几年里，完全可靠并能迅速为他提供健康服务的人，就只有西尔维娅和朱莉娅。

为老年人提供家庭看护和家庭陪伴的人往往不受尊重，获得的薪酬也势必远远低于医生和其他在医疗产业中从事更高层面工作的人。但在很多情况下，他们才是唯一真正了解病人，并尽最大努力为此奔走呼号的人。比起“临床医生”这个称呼，我父亲更喜欢“医生”这个词，因为后者显得更直接，永远不会让他与自己需要照顾的病人之间显得太过疏离。因此，从这方面来说，永远忠诚、时刻警醒的朱莉娅和西尔维娅就成了父亲实际意义上的临床医生。她们在以下两个方面的表现，更是证明了这一点：首先，她们会十分专业地向露辛达提出各种疑问；其次，通过密切观察父亲的情况，她们会在需要的时候派访视护士到公寓替他检查身体。

然而，这一切仍是后话。说服自己一切都尽在西尔维娅和朱莉娅掌握之中后，我正式通知疗养院，父亲将于10月10日离开。

“我们要回家了吗？”陪他在疗养院度过最后一晚后，父亲像往常很多次那样，带着些许可称为焦急，也可以说是渴望的神色，问出了这句话。

“没错，爸爸，”我应道，“这次，我们真的要回家了。”

第八章

探索的感觉

西尔维娅和朱莉娅精心准备了一切，她们租了一辆轮椅，又在紧邻母亲卧室的次卧安置好医院用床和检测父亲生命体征的各类仪器。

母亲比父亲晚睡很多。醒来后，她的第一个问题往往会是："你叫醒宝贝了吗？"接着，她又问："给他做早餐了吗？替他煮燕麦片了吗？"

父亲吃过早餐后，西尔维娅或朱莉娅会把他带到客厅。上午晚些时候，母亲会出来陪陪他。两人常常在餐厅共进午餐。之后，母亲返回卧室，父亲不仅继续待在客厅，还往往如生病之前一样，坐在他那张办公桌前。

桌面和旁边的那张桌子上仍不断堆积起新到的医学期刊、精神病学研究所的会刊和信函，偶尔还会有哈佛医学院院长的生日贺信，或邀请校友参加即将开展的研讨会或学术会议的通知。

朱莉娅告诉我，他仍会收到很多其他人的来信。有些人根本不知道他年事已高或已经患病，还在问他对某篇学术论文的看法，或就其专业领域内的某项研究征询他的意见。朱莉娅知道他已经无法阅读或理解这些信件，所以她常常会读给他听。她说，要是把一封信举到他面前，“他会看了一遍又一遍”，有时还会指向某个他似乎仍能理解的地方。有时，他也会点头，仿佛认出某个名字或某家机构，或许还会说出一句简短的话，表示他很满意。

他也开始做一些简短的笔记，写出种种形式混乱，且没有明显连续性的词或短语。他用的依然是纹理细密的蓝纸。在职业生涯的大部分时间里，他都用这种纸写备忘录。如今，它们仍躺在木制托盘里，放在老地方——桌面的右上角。

父亲会时不时翻翻抽屉里的东西，然后突然对其中的某样产生兴趣。比如，有一天，他拿出一块重金属做的名牌。那是以前挂在他办公室门上的名牌，上面刻着他的名字。牌子是淡绿色的，已经有轻微腐蚀的痕迹。

“他摩挲了很久，”朱莉娅说，“就那样一直盯着那块牌子看，在它上面花的时间比其他东西都长……”

有时，他也会拿出档案卡，一张一张地翻阅。翻完之后，他还会努力将它们放回原位。

我不认为父亲对这些东西感兴趣，也不觉得他随手写下的那些零散笔记代表着他突然恢复了某段遗失已久的记忆，我当然更不相信他在思考："这是我的办公室；这是我曾经工作过的办公桌。"但朱莉娅认为他肯定感到自己与那张桌子有"某种联系"。因为坐在桌前时，他脸上总是带着一种骄傲而自信的神情。

有一次，他从抽屉里拿出一个装满照片的牛皮纸信封，信封上的地址有一部分还是用德语写的。信封正面有个记号："下一站——维也纳。"

朱莉娅把照片拿给我母亲看。母亲告诉她，这是他们在20世纪50年代的一次旅行中拍摄的。当时，他们跟一群东欧医生参加一场会议。那些医生设法获准前往维也纳，与西欧和美国的医生交换意见。朱莉娅说，一说起那场在他们酒店某个房间举行的"秘密会议"，母亲立刻就活跃了起来。她说，他们邂逅了"一位非常聪明的匈牙利女医生"。那名医生计划逃离布达佩斯，并向我父亲求助，希望能在纽约或波士顿的精神病中心谋得一个职位。

朱莉娅说，母亲还告诉她，他们是乘坐著名的"东方快车"去的维也纳。那列车"从巴黎出发，直通伊斯坦布尔"（她说的也可能是"君士坦丁堡"）。她说，虽然在车上有单独的隔间，但他们在餐车遇到一对浪漫风趣的年轻情侣。相谈甚欢之下，他们不仅聊到很晚，第二天早上还相约一起吃早餐。

朱莉娅把信封留在了父亲的办公桌上。如此一来，我便看到了那些照片：有些是站在维也纳国家歌剧院正门人行道上的母亲，有些显然是他们遇到的那些医生。然后，我将信封放回抽屉，也就是父亲发现它的地方。朱莉娅说，对父亲来说，那些东西似乎都没有多大意义。

他从桌子里拿出来的所有东西，似乎只有前办公室门上那块已被侵蚀的名牌能让他有些许心潮澎湃之感。

“对他来说，那样东西的确有意义，”朱莉娅说，“从他用手指一一描过那些字母轮廓的样子就能看出来……”

她的声音突然有些哽咽，“不知为何，那情形让我忍不住想哭”。

父亲回家后的第一年，常常在餐桌前或办公桌上吃晚饭。西尔维娅说，他很喜欢她做的饭，因为他吃起来总是狼吞虎咽。她注意到，他在其他方面也很有活力，包括一直都在的性意识和自我意识。

“我替他洗澡时，”她说，“他就总为自己的裸露而尴尬。不过，他有时会伸手来摸我的胸。我转身拿毛巾时，他还会站起来，一把抱住我的屁股。”

西尔维娅说，一天下午，她丈夫前来看望我父亲，并在家里待了一会儿。她说："一开始，你父亲对他十分客气。"他上下打量了一番她的丈夫，似乎对他很满意。

"先生，"父亲说，"我觉得你是位绅士。"

我不知道那时候父亲具体做了什么。或许他伸手去拉西尔维娅的胳膊，或许他环住了她的腰。不管怎样，西尔维娅的丈夫用幽默的方式努力开了个玩笑来化解尴尬，他假装严肃地说："嘿，小心点！那可是我老婆！"

但西尔维娅说，这话让父亲很不高兴。

"他根本不是个绅士。"说完，父亲便不再理他了。

"我丈夫一离开房间，你父亲立刻就开心起来。我又属于他了。这点让他很高兴。"

回家真的让他高兴吗？西尔维娅相信，答案是显而易见的。西尔维娅说，有一次，他不得不在医院住了几天。"救护车里的工作人员"送他回家、带他上楼，并把他安顿在床上后，我父亲竟拍起了手。"当时，他真的在拍手！"她又重复了一遍。

我问她，这是否意味着父亲在对那个帮助自己的男人表示感谢。

"不是，"她说，"不是在感谢那位工作人员，他就是为了自己而拍手。那意思好比'我又回家了'，那是一种庆祝！"

母亲很高兴他回家了。但她的头脑很清醒，所以父亲自然没法陪她，或提供她喜欢的那种谈话。他睡觉后，西尔维娅或朱莉娅会跟母亲共进晚餐，之后还会陪她熬夜看球、看新闻，或一直陪她聊到她睁不开眼为止。

“有一次，”西尔维娅告诉我，“你母亲闭上了眼睛。我以为她睡着了，于是把电视转到一个说西班牙语的频道。结果，她一下子就坐了起来，一副完全清醒却似乎十分困惑的模样。她对我说，‘他们说的话我怎么一个字都听不懂。’那是个很吵闹的节目。因为完全听不懂那些声音，她还以为自己出了什么问题。接着，她又仔细看了眼屏幕，搞明白一切后，这才松了口气。她说，‘我知道了。我知道我为什么听不懂了，因为这是个西班牙语频道。’”

那天晚上在睡着之前，母亲问西尔维娅是否能“进去看看宝贝情况如何”。一开始，她只是偶尔流露出对父亲的关心；但几个月后，她就似乎更温柔，也更有保护欲了。

父亲回家后的第二年又开始出现尿路感染。以前在疗养院时，这个病便爆发过几次。那年 12 月，它再次复发，并迅速恶化。朱莉娅试图联系他的医生，却没成功。于是，她打电话给露辛达。在露辛达的建议下，她随即叫了救护车，将父亲送进医院。

朱莉娅说，他们抵达医院后，挂号处的那个女人并不怎么友好。

“她不想收治他。我提供了他的医保卡和医疗保险信息，她却看都不看一眼。这种事，我只在那家医院碰到过这一次。我不知道她到底出了什么问题，只得不断地恳求她。

“‘你为什么要把他带到这里来？’她问。

“‘因为他病了。’我说。

“‘你怎么知道他病了？’那女人说，‘他甚至连话都不会说。’

“我气坏了！当时，他可就在她面前。‘婴儿也不会说话，’我对她说，‘但他们感到痛苦的时候，我们都知道。’”

终于，那个女人还是不情愿地收治了父亲。为他诊治的医生证实，朱莉娅的判断是正确的。

父亲在医院待了三四天。感染被控制住后，照顾他的医生告诉我，就他以往处理类似感染的经验和这次发病的严重性来看，他建议父亲最好在出院后，每周都接受一次尿液检查。他说，从此以后，这项检查应该成为长期例行检查，如果再出现感染迹象，就要立刻服用抗生素。

朱莉娅把父亲送进医院时，曾给父亲的医生留言。但我们都不知道她到底要过多久才能看到留言，从而前来看望他。朱莉娅说，她认为医生应该出城了，所以她很可能无法到医院探视他。

父亲一回家，我就给医生发了份传真，说明医院建议每周进行尿液检查的事。她回复说没问题。我告诉她，露辛达将会很乐意接收样本。她说，这样的安排“令人非常满意”。

然而，这一行动方案并非由她提出，而是来自另一位医生，让我备感困扰。我也很困惑，在知道父亲病史的情况下，她却没能赶在这次导致父亲入院的感染暴发之前提出类似建议。

又过了一年半，父亲不得不再次住进医院。这一次，用来抑制他尿路感染的抗生素已经不起作用了。而他的私人医生又是好几天联系不上，她办公室里的人说她出差了。

麻省总医院的一位住院医师告诉我，这次感染导致的结果之一，将会引起心颤。（当时，他用的术语是“心房纤维颤动”。不过，他随即便用我能理解的词汇将其解释了一遍。）这名医生说，父亲的情况一旦稳定下来，就得立刻服用一种更新、药效更强的抗生素，以对抗会导致感染复发的耐药菌。

父亲出院回家的前一天，负责照顾他的那位老年医学专家告诉我，自从她回来后，就已经把与父亲身体状况有关的信息交给了露辛达。即便如此，医生不在之时，露辛达还是一直待在医院，并密切关注事态发展。医生说，她决定开一种更强有力的药物。

写到这里，我得先停下来，好好谈谈我对这位老年医学专家的感觉。经他人的推荐，我才聘请这位医生照顾我的父亲。但首先应该正确认识到的是，身为波士顿地区医疗组的成员之一，她却总是在出城后把自己应尽的职责扔给其他同事。不过，我很清楚，父亲要是严重得必须入院，他还是能得到所需的治疗。

然而，无法与她长期保持联系，以及要跟她直接沟通遇到的种种困难和长时间的拖延都让我恼怒，更让西尔维娅和朱莉娅大为光火。[①]相比之下，我母亲的医生几乎是城里最忙，也最受欢迎的医生之一，却几乎总能迅速做出回应。西尔维娅认为母亲需要接受检查时，无论出于什么原因（比如，她腿有毛病，有时会肿得很厉害），我都会打电话给她的医生。更多时候，西尔维娅会亲自给他打电话。她说，如果他接到电话时很忙，也总会在当天离开办公室前给她回电话。

总之，他跟我父亲的这位医生完全不同。“我办公室有其他

---

① 西尔维娅和朱莉娅在努力联系父亲的这位医生时遇到了种种困难：“我们从来不知道，”朱莉娅说，“最终从办公室得到的答复到底是否基于我们提供的信息。我的意思是说，我们不知道，医生本人是否真的收到过那些信息。有时，他们会说，‘医生还没空看实验报告。’或者，我们等到的答复也可能是‘但我们明天会联系你们’。然后，第二天，他们或许会说，‘他的确感染了，所以我们开了张处方单。你们可以过来拿。’然而，这位医生是否真的知晓此事，我们依然无法确定，我们只能步步紧逼……”

病人要处理……”即便这位医生回了电话，有时似乎也并未把西尔维娅的忧虑放在心上。比如，有一次，西尔维娅要求她在天气转冷时给父亲注射流感疫苗。这位医生却说她认为没有这个必要，还说她没有接到“疫苗供应”。西尔维娅的孩子和孙子刚刚注射了流感疫苗，所以她完全无法接受这套说辞。但她选择给我母亲的主治医生打电话，而不是继续浪费时间与这位医生纠缠。

“这是很有必要的。”母亲的主治医生建议西尔维娅道，“明天早上我办公室开门之前，就把他带来。”

他不能成为父亲的全职医生真是让我备感遗憾。但此事的关键在于，是西尔维娅的常识和足够灵敏的头脑才让父亲得到了必需的帮助。

跟父亲那位医生打交道期间，我还遇到一件更复杂的事情。出于种种原因，稍后我会做出更加详细的解释。简而言之，我拒绝签署一份名为DNR（《放弃抢救书》）的文件。对于我父亲这般年纪，以及处于他那种身体和大脑条件的人来说，大多数医疗保健代理人都会同意签署这种文件。我却坚持要求，只要父亲入院，就得“全力抢救”。我亲自跟父亲的那位医生强调过这点儿后，她似乎接受了这项策略，却依然告诉我，对于他这种情况的病人来说，这种做法“非常罕见”。让我烦恼的并非一位专门与老人打交道的医疗工作者觉得我的愿望非常罕见，甚至并不合适；对我来说，问题在于潜藏在表象之下的一切重大问题几乎都是以一种刻板的方式自动传达。

我的意思是说，那位医生（有时也包括照顾父亲的其他人）跟我谈起父亲的情况时，总喜欢说些好似范本的套话，让人联想起流行心理学书籍里诸如“生活质量”相对于生命本身价值之类的话题。那些人说话的方式，也让我相信他们把自己当成了伦理学家（或者说，当成了关乎生命与死亡的神学领域里的专家）。然而，我并不觉得他们对此拥有任何合法的权利。此外，在某些情况下，他们那种认为自己站在崇高的道德立场可以决定不应该再延续某人生命的做法，让我觉得十分不安。不过，他们这种想法或许是种无意识（或半清醒状态下）的反应，旨在调和职业操守与医疗保健系统的经济情况，以及对美国医疗优先权影响越来越大的、更广范围内的经济价值之间的关系。

无论如何，只要父亲还能给我的生活带来哪怕一丁点儿满足感，我觉得他的医生都应该像儿科医生一样（比如，采取儿科医生在面对一个有可能出现神经功能缺损的孩子时，会使用的那些治疗手段），不需要等到我被迫恳求他们才勤奋积极地替父亲做好预防和保护措施。在这个问题上，相较那些或许一次问诊时间不超过半小时的医生来说，我其实更依赖西尔维娅、朱莉娅和我自己的感知。

就这个方面来说，我估计永远也无法克服这种接连打击带来的无力感。虽然医生并非公然反抗，却消极、拖沓成性。“如果这是你的建议，而你又非坚持不可，我也可以同意。”事实上，这就是我得到的信息。然而，即便我们已经就某个领域的治疗方案达成一致，下次遇到不同的情况，问题依然会出现。

与此同时，让事情变得更加复杂的还有：我永远无法完全确定（或至少不再怀疑），我对父亲那名医生的怒火是否会从另一个完全不同，且与父亲实际安康毫无关系的角度让我分心。从某种程度上来说，我知道，自己自私任性的动机或许会危害到我正在做出的那些决定。我猜，许多与我立场相同的人或许不难理解，我之所以不想让父亲就这样撒手人寰，是因为我无法想象没有他的世界会怎样。尽管他常常毫无反应，身体也越来越虚弱，我还是摆脱不了那个疯狂的念头——我依然很需要他！

父亲住院期间，照顾他的医生中，有一位年轻、敏感、研究心脏病学的医生。尽管我们并没有多少时间交谈，她还是跟我聊起了我担心的问题，并说会与我保持联系。她的母亲和祖母都是医生。深思熟虑后，她给我写了一封信。信中她告诉我，她在家中也遇到了相同的困境——她的祖母。我们曾在离父亲病房几英尺远的护士站谈论过此事。

“我们都要面对同样的决定，也就是面对你父亲的情况需要做出的那种决定。对我来说，要做出那样的决定简直难以置信。我之所以说难以置信，是因为在家中有这么多医生的情况下，我们还是无法解决怎么照顾祖母这个问题。我们太多人都没有做好要放弃她的准备。要梳理出我们而非她到底想要什么，实在太难。

“也就是说，我非常享受跟她待在一起的时光。她是我见过最睿智的女性，尽管如今已完全痴呆，但有段时间，她依然有非常连贯的幻想！”（这点儿让我想起了我的母亲。她当然没有“痴呆”，但正如我们看到的那样，她也会沉醉于自己连贯的幻想中——或者换个更贴切的词，沉醉于自己的“错觉”中。）

她继续说道，她祖母的那些幻想，通常都与照顾家人的平凡细节有关，比如“让我嫁人”“替我梳好头发”……她说。祖母出院前，曾“拿着手机坐在床上，试图重新预约一次美发。她一直对此念念不忘……我知道你正在经历类似的事。现在，我比以往任何时候都更能理解这种感受”。

等到再次有机会见面时，我们才得以更从容地分享彼此在这些问题上的感受。我曾提出，要对比一下老年护理领域的现状与我所知道的其他医学领域（包括儿科在内）的现状。于是，再次会面时，我问她是否考虑过与此相关的优先次序问题。我说，从纯经济学的角度来看，我相信自己一直观察的这些现象，似乎能为某种或许会出现的东西提供证据，并成为评价人生价值时一项绝对合理的特征。一个小孩（或任何一个相对来说还比较年轻的个体）至少还可能拥有丰富的人生；对经济秩序来说，一个痴呆的98岁神经病学家，却不再有任何长远价值。

我对她说，我总禁不住想：对一个处于我父亲这般情况的病人，愿意在医疗看护方面降低标准，正准确地反映了一个社会系统的价值体系。正如我在自己的教育事业中领悟到的那样，那些关乎国家未来福祉的、精明的条款，更多时候往往并非衡量人生的标准。（为证明学前教育或早期婴儿护理方面投资的合理性，政府机构最常提到的术语之一便是“未来生产力”。“要是现在善待这些婴儿，有朝一日，他们都会变成为国家繁荣做出贡献的纳税人”。而年长和有病之人，当然对国家繁荣毫无裨益，他们只会“坐在那儿”，耗光纳税人的财富。）

作为一名将自己的职业视为至高理想又毫无私心的医生，她无法容忍从经济价值角度来衡量一个病人“对社会的价值”，更不认为一个医务人员维护生命的义务应该受到这种观点的影响。然而，尽管有些不情愿，她依然不得不承认：社会结构配置、金融上的局限性，或政府制定的策略方针，都有可能使医生更难履行这些义务。

她也注意到，医生能在老年医学领域达到的声望，根本无法与很多其他医学领域相比。而且，该领域的薪资水平，也远远低于其他大多数领域。她说，如此一来的结果便是：跟她年纪相仿的医生往往因为学费而背起巨额贷款，所以根本没有足够的人会进入这个领域。[①]于是，老年病科医生的数量并不能满足日益增长的年老群体的需求。而那些仍留在这一领域的医生，通常也要承担比其他领域大得多的工作量。她说，西尔维娅和我跟父亲那位医生打交道时遇到的种种困难，或许也能由此找到解释。

我也向另一位更年长的医生提出过同样的疑问。他告诉我，他觉得她的猜测是正确的。不过，他劝我不要太快下如此广泛

---

① 医学院和医院几乎都不会开展老年病学方面的培训。此外，因为其在医学行业中几乎垫底的薪资待遇，很多学生都不愿涉足该领域……2005 年，据美国老年医学会统计，每 5000 名超过 65 岁的老人，能为之提供服务的老年病科医生，只有 1 位。到 2030 年，这个比例或许会上升到一位医生对应 8000 名病人。（数据来源：《纽约时报》，2009 年 8 月 24 日。）相比之下，2010 年，每 1400 名儿童，就有一位为之服务的儿科医生。（数据来源：丹尼斯 · 罗森医生，《纽约时报》，2010 年 7 月 22 日。）与老年人医疗保健相关的最新消息和学术研究情况，主要来源于美国老年医学会（www.american geriatrics.org）。该学会每月刊发的《美国老年社会杂志》（*Journal of the American Geriatric Society*）虽然都是该领域的专家学者所写，我却发现，它有助于理解从事老年医疗计划的医生面临的挑战，以及如何增加该领域医生数量的那些策略。

的定论，因为被吸引到老年病学领域的医生往往都是很有同情心的。

“他们应该都是很无私的人。很多人都是在经历了你现在面对的一切后，才决定进入这个领域。患病的或许是他们的父母，也可能是他们的祖父母。”

接着，他也指出，负责照顾我父亲的那位医生或许得争分夺秒地挤出时间承担学术任务，所以才经常出城或失去联系。

我问，如果是这样的话，她一开始就跟我解释清楚，或者向我推荐另一位没那么多义务的医生，岂非更好？

“嗯，”他回答道，“但没人，尤其没有一位身负其他义务的医生愿意给人留下一种他们无法满足自己病人需求的印象，那将成为一种极其糟糕、十分尴尬的让步。我说的这些话，在任何医疗领域都适用……”

说了这么多后，他告诉我，他认为尽管我如此固执地坚持，一定要让父亲得到我认为他应该得到的那种照料，但在这件事上，我其实别无选择。出于这样或那样的原因，曾施压并纠缠父亲那位医生的事，我一点儿也不后悔。要说有什么让我后悔的事，我真希望，当初能表现得更冷酷无情一些。

对于我和父亲之间这种强烈而持久的关系，还有一点需要说明。虽然我知道这或许很难理解，但我甚至觉得，如今的我们，比他患病之初时更亲密。正如我之前所说，工作的压力会让我长时间远离父母，只能利用偶尔的间隙前去探望他们。但自从父亲生病之后，我便留出整周，有时甚至整月的时间，尽可能地经常陪在他身边。童年以来的任何时候，我陪伴他的时间估计都没有那时候长。我更加用心地去倾听他说的每一个字，观察他变化的情绪和表情、他转瞬即逝的快乐，以及他平静而放松的模样。（比如，我们一起坐在疗养院的阳台上，而“小淘气”则趴在他脚边时，他便是平静而放松的。）

我曾说过，我觉得自己正跟父亲经历一段旅程。在疗养院时，他努力搜索词语，想清晰表达自己的意思时，我们之间展开的猜谜游戏也是这段旅程的一部分。我们共同挖掘一段回忆、破除一个谜题，或继续在之前一段被打断，却如迷宫般有趣的推理中前行，都是旅程的一部分。这其中不仅有对他思维受阻过程的探索，也有对思考本身神秘性的探索。经过这些探索，我觉得我们越来越亲密。而在此基础上，我也感到自己与父亲之间的联系变得更加直接，也更加亲密。这种转变几乎超越60多年以来的任何时候。（正如母亲曾经所说，60多年前，父亲在工作上一不顺心，就在傍晚带我出去散步，以寻求些许安慰。）

如果我没有在疗养院陪他那么长时间，而是借由工作、友情和政治活动，让自己更加彻底地远离他遭遇的困境，只定期且有限地去看望他几次，也许我现在就能更容易拉开一段距离来审视他的现状。或者用一种悲悯的目光去看待他，仿佛他已经不再是我熟悉的父亲，而只是曾经那个父亲的渺小缩影。然而，已经做出的选择无法改变。因此，我根本无法那样看待他。

当我目睹疾病逐渐夺走父亲清晰的头脑和敏锐的洞察力，让他再也无法继续当个出色的医生时，我的确非常震惊，但父亲的天赋和他在那些领域中展现出的能力，都未能完全体现出他是个什么样的人。他有与生俱来的魅力、和蔼的性格、幽默感，还有逗弄露辛达或试图把手放到西尔维娅屁股上时表现出的那种淘气。最重要的是，面对那逐渐将其包围的黑暗时，他选择了勇敢而有尊严地与之长期抗战。因此，对我来说，父亲的形象丝毫无损——他还是从前那个父亲，我对他的敬佩之情也依然如故。因此，要放弃他才会如此困难。那位年轻的医生非常理解这一点。

第九章

我的父亲母亲：相伴与分别

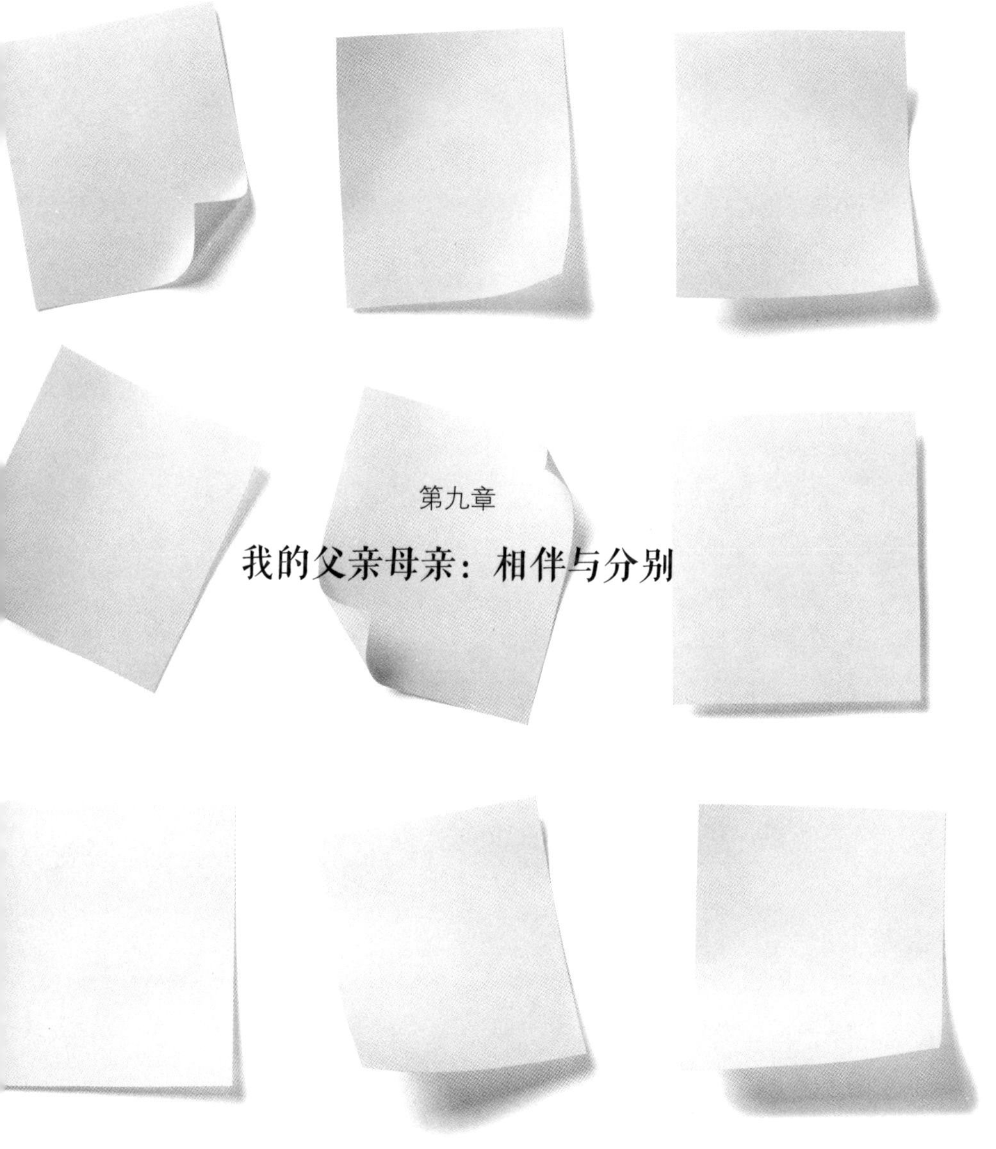

父母的余生，西尔维娅或朱莉娅几乎每日每夜都陪着他们。她们只有在极少数情况下周末不在，平时若不得不离开一下，西尔维娅就会找一两个别的帮手，来代替她们的位置。

这些别的帮手中，亚历杭德罗的妻子算得上其中的佼佼者。和亚历杭德罗一样，她在古巴时也是学医的（亚历杭德罗是心脏病专家，他的妻子则专攻家庭医学）。有时，亚历杭德罗会跟她一起来，在这儿待上一个下午，在她需要的时候搭一把手。不过，更多时候，他都只是陪伴父亲而已。此时，露辛达已成为执业护士，无法再经常到公寓来探望父亲。因此，我非常感谢亚历杭德罗想办法维持与父亲的联系，并努力保持他的机敏与灵活。

父亲回家后的头两年里，我每次进屋，只要赶在他犯困之前，他似乎都能认出我。我吻他时，他也会回吻我。要是他发现很难想起我的名字，我会倾身俯到他耳边：“嗨，爸爸！是我，乔纳森！”每当此时，他都会微笑着抓住我的手，深深地凝视着我。无论他的记忆受到了多大损害，那目光似乎都极具洞察力。

尽管至少一年前，无论多长的对话他都无法进行下去，但我有时提出的问题他却能直言不讳地回答，这让我大吃一惊。有一次，不得不二次入院后，他服用的一种药物让他不幸地拉了一周肚子。我问他感觉如何（这无疑是个十分愚蠢的问题）时，他给了我一个十分难看的表情，说了句：“糟糕透了。”

与朱莉娅和西尔维娅独处时，他说的话往往都是对她们的友善行为做出的回应。有时候，如果是跟西尔维娅在一起，他说出的话也可能是针对她做的某件引他生气的事。有一次，在帮他洗澡时，她说他非常反对让她清洗自己的“私处”（说起那里时，“私处”是她和朱莉娅经常会用的词）。因为已经非常熟悉，她突然逼迫起他来，引得他大为光火地跟她开了战。

“你不会得逞的！”他冲她吼道。

“我对他说，‘考泽尔医生，我才不稀罕那玩意儿！我不需要，我有老公！’”

我问，他听到这话后有没有发笑。

“没有，”她说，“他没笑，那副样子好像被我吓坏了。我想，我说出那番话，他的确有些震惊。”

回家后的很长一段时间里，西尔维娅和朱莉娅都发现，父亲在性方面的自我意识依然非常明显。访视护士每月上门来替他更换新的导尿管时（后来，他已经尿失禁），他都会努力去挡她的手。

“他双手交叉，放在膝上，”朱莉娅说，“只要她一靠近，试图挪开他的遮挡，他用力地一收胳膊，就扣紧了双手。”

接着，朱莉娅劝他放开手，别妨碍那位护士的工作。

“他转过脸不去看她，而是无比尴尬地盯着我，仿佛在想‘有个陌生女人正拿手握着我的私处’。这就好比，‘这女人打算对我做什么？’那名护士一离开，他立刻就松了口气。”

如今，父亲的睡眠时间更长。入睡时间比刚回家那会儿早了一个小时。但一天的大部分时候，朱莉娅和西尔维娅还是会努力让他保持清醒。她们会把他从轮椅里拉起来，像对待我母亲那样，领着他在公寓或外面的走廊上来回走几圈，以锻炼他的双腿，保持良好的身体循环。

朱莉娅说，坐到办公桌前时，他还是会努力继续“给自己写东西”——信件、数字、只言片语，有时也可能是个完整的词，词上或字母上标着箭头，指向下一个词或字母。

“很像涂鸦。”她说。

不过，和以前一样，那些字母和数字都清晰可辨。她注意到，有时，他做这件事的时候会显得有些急躁，甚至有些轻微的疯狂，刚放下一张纸，就忙不迭地去抓另一张。

晚上，我经常看见散落在他办公桌上的那些纸。上面连接各个词语或数字的箭头和线条往往贯穿整页，指向两个单独的项目。从中，我完全能体会出朱莉娅说过的那种疯狂紧迫之感。那感觉仿佛他正在跟时间赛跑，趁还有机会，赶紧把这些对他有用的信息、含义或暗示写下来。朱莉娅说，他写这些东西时，显得“非常忙碌”。

深夜，母亲睡着后，我常常坐在父亲的办公桌前，从其中的一个抽屉里拿出几个信封和文件夹，就像他还待在疗养院时一样。那些掩藏在其他东西（比如早已过时的法律文件、保险申请单、贺卡，以及他或许寄出，也可能没寄出的信件草稿）下的文件夹，将为我开启一段父亲完整的人生经历，一段我已经数年不曾思考过的经历。我把这些文件夹连同跟奥尼尔有关的一些东西都搬回了自己家。然后，我熬了几个夜晚，回顾了一些父亲从医生涯中最有趣的过渡时期。

他职业生涯中较晚的一段时期便很有意思。当时，他已经50多岁，虽依然坚持在神经病学和更感兴趣的精神病学领域，他还是发现自己对一个交叉学科产生了兴致。这是介于法律程序和他定义为“能对其他人构成威胁的病理学”之间的一个学科。马萨诸塞州心理卫生院院长曾请他协助判断：一个有多次人身攻击（尤其是攻击女性）记录，却因为未确定其精神状态问题而无法做出法定裁决的人，是否危险；或者说得更确切些，其危险性是否持久。

此类案件中，伦理、医学和公共安全等因素常常会产生冲突。法官往往会不知所措，一方面，他们无法确定精神紊乱的个体是否意识到应该对自己犯下的罪行负责；另一方面，是否应该将其视为不需要承担责任的精神病人。如果是后一种情况，法官们或许会将其判入国家经营的安全机构——精神病院，但并不确定具体的刑期。

此类案件最重要的核心问题在于：当事人是否理解他犯下的“错误”。同样重要的问题还有：犯下那样的罪行，被告是出于自愿，还是被某种他也无法支配的力量所迫。为了评估当事人的精神状态，院长请求我父亲担任一个诊断中心的主任。当父亲认为某个案件需要精神科服务时，相关的评估工作就会在这个中心进行。

和职业生涯中其他时候一样，此时的父亲开始从阅读与目前面临问题有关的研究开始，广泛地做起了准备。

“美国缺乏这方面的知识，”他这样写道，“因此，首先得调查一下其他国家和社会是如何处理这类困境的。我走访了英国、意大利、法国、荷兰和丹麦的很多监狱和相关机构……与挪威和瑞典的专家们展开了讨论”。

他说，在英国时，他坚持拜访了“剑桥大学犯罪学研究所”，还在“英国首家收治精神病罪犯的‘专门机构’——布罗德穆尔医院——待了一段时间”，并从那里收获了“宝贵的经验和无数前车之鉴”。

承担院长指派任务的过程中，他进行的研究和获得的经验都在一个极具争议的案件中得到了充分体现。在那种情况下，父亲发现招募自己成为该案鉴定人的并非马萨诸塞州，而是联邦政府。那是个报纸出版商威廉·伦道夫·赫斯特之女帕特里夏·赫斯特被一个自称“解放军”的团伙（该团伙采用了几乎难以理解的政治意图为自己的行为辩护）绑架后，参与了一宗持枪银行抢劫的案子。

1974年4月中旬，监控录像拍到帕特里夏手持武器，出现在这桩爆发于旧金山的银行抢劫案中。一个月后，这个“解放军”团伙在洛杉矶实施第二次抢劫时，她被拍到手持半自动手枪掩护其成员撤退。

该团伙的6名成员在与警方交火中被击毙，帕特里夏与另外2名成员转入地下，并成功潜逃16个月，直到1975年9月才落入法网。被送入监狱之际，她将自己定义为一名“自由都市游击队员”。

随后的审判中，帕特里夏的父亲聘请了一位名叫F. 李 · 贝利的著名律师。这位律师组建起一个包括一名精神病医生在内的辩护团队。那名精神病医生曾研究过思想控制和洗脑术。提起诉讼的联邦检察官也带了2名专家，其中之一便是我的父亲。我记得，对此我真是百感交集。

当时，我告诉父亲，这事之所以让我不安，是因为联邦执法人员（尤其是联邦调查局）已经涉足这些非法秘密行动多年（此类行动一直试图颠覆从20世纪60年代起便风靡全国的社会抗议运动）。联邦调查局曾窃听马丁 · 路德 · 金博士的电话，录下他的私人通话，以此来抹黑他。[①]无疑，他们想通过这种行为来骚扰和试图控告其他民权运动和反战运动中的积极分子。（我自己也有一份冗长的卷宗，是我的律师从联邦调查局帮我要回来的。那份卷宗不仅包括我参与的民权运动情况，甚至还有

---

① 联邦调查局试图破坏马丁 · 路德 · 金博士名誉的实例比比皆是，例如，可参见戴维 · 加罗于2002年7月在《大西洋月刊》上发表的《联邦调查局与马丁 · 路德 · 金》（*The F.B.I. and Martin Luther King*）和威廉 · 萨菲尔于1975年11月20日在《纽约时报》上发表的文章。

20世纪60年代，我在罗克斯伯里担任四年级教师时所授课程的详细记录。）但我知道，所有这一切都与帕特里夏·赫斯特的案子以及她清白与否无关。父亲扮演的角色让我不安，也只是我的一种本能反应。要将此归咎于他，当然是不公平的。

无论如何，父亲依然同意担任此案的证人。但他还是清楚地表明：他需要与被告进行几次面谈，无论最终给出怎样的供词，都将建立在面谈结果上。而且，他也无法预测面谈会带来什么样的结果。不过，确定起诉委员会理解了他参与的条件后，他便放下波士顿的工作，飞往旧金山，并在随后的两个月里，全身心地投入该案的准备工作中。

我在父亲办公桌旁的金属档案柜里，找到了他与帕特里夏谈话的书面记录。此外，我还找到一份他提供的证词和一份他接受盘问后留下的记录，那份记录出自贝利先生之手。就我看来，贝利先生的表现显然与其资深律师的名声不符。

父亲花费16个小时，与帕特里夏进行了5次面谈后，得出如下结论：犯下被指控的罪行时，她是自愿采取行动，并非被胁迫或出于某种精神上的原因。尽管他很同情她，但评估“责任问题”才是他要扮演的角色。

向法庭做证的过程中，父亲基于帕特里夏对其问题的答案[①]和法庭对其他面谈做出的记录，阐述了他的观点。[②]父亲认为，长大后的帕特里夏，认为自己“从某种意义上来说是个被抛弃的孩子”——她说，自己被扔到一个“严厉专制的女家庭教师”手中，不仅挨打，还遭受了其他虐待。[③]（父亲强调说，因为没有数年前那些经历的第一手资料，所以他并未将其作为证据。不过，帕特里夏秉持的信仰或她想给人留下的印象，都源自那些经历。）她也跟我父亲提起父母之间的争吵。她说，虽然他们只是在口头上争执，那些吵闹却依然令她万分沮丧，只想逃离那个家，赶紧被送回之前她待的那所寄宿学校。“她说，”父亲表

① 父亲把与特里夏·赫斯特面谈的对话都记录了下来。他在面谈中和面谈后都做了笔记。每次对话，都写下了密密麻麻的手稿。后来，一份63页的打印文档将他的这些评论和想法都收录了进去。

② 父亲在帕特里夏·赫斯特一案中做出的警戒性声明内容如下：“未深入研究案件之前，我从不做出任何承诺。而我有可能提出的任何意见，也跟我的聘请方无关。在我看来，一个人发下说出真相，且只说真相的誓言时，从一开始，就是一种回溯性行为，并包括了对该事件的临床研究。”（摘自父亲1975年10月14日给联邦检察官詹姆斯·勃朗宁及其同事戴维·班克罗夫特的信。）

③ 对帕特里夏声称从小受到虐待一事，我父亲称：“因为当时我并不在场，所以此刻无法说事实就是如此。那只是她自己对早年生活的印象……”随后，父亲又补充道：“她对童年的回忆是非常复杂的。她有宠物；从很多方面来说，她也备受宠爱，并享有充分的自由。”

明，她这么做的“唯一原因”，就是“离开那所房子”。[1]

父亲知道很多家庭都存在这种问题，也非常小心地不去丑化她的父母。但他依然相信：导致她一步步进入那种顽固、叛逆，与当局敌对的精神状态，从而接纳了那些绑匪价值观的原因，不仅包括家庭和父母的因素，还跟她遭受到的精神痛苦有关。她计划跟同居男友结婚，但那个男人性格傲慢，又大男子主义，还秉持以自我为中心的社会价值观，让她大为光火、万分沮丧。

刚被绑架时，她的确“非常痛苦、愤怒、伤心……随时准备奋起反抗”，正如父亲在法庭上所说，她是个“寻求理由的叛逆者”，而“理由”最终找到了她。

父亲最有趣的一段证词中，提到他做的一次经典练习。当时，他让帕特里夏就绑匪关押她的那套公寓画一幅画。实际上，那应该是幅“平面图”。贝利先生在他的陈述中提到，落入绑匪手中后，她被关在“一个壁橱”里。贝利先生认为，这一遭遇让她陷入了被动局面。然而，她画出的这幅画中有窗子、厨房

① 我父亲的证词。美国联邦政府对帕特里夏·坎贝尔·赫斯特一案诉讼过程的官方记录被《帕特里夏·赫斯特案》(*The Trial of Patricia Hearst*)(旧金山：领英出版社，1976年)全文转载。

和浴室等，却唯独少了那个壁橱。[①]因此，贝利先生认为，那里不仅是她此段经历中受创最重之地，也是她在绑匪的折磨下精神陷入绝望的关键点。正是这种绝望让她在重获自由后选择了与暴力为伍。

画中少了壁橱这件事让父亲兴趣大增，因为这似乎逐渐破坏了贝利赋予此案的主要意义。而且，事实证明，它似乎也对陪审团的决策产生了影响，并连同父亲基于跟帕特里夏谈话结果提出的其他观点也起到了强调作用。在这些强有力的结论下，父亲成功抵挡住了贝利先生质疑其证言可信度的猛烈抨击。

贝利先生跟父亲纠缠了很久。比如，他一直不满父亲在与帕特里夏的谈话中那种记笔记的方式，非让父亲解释为何不

---

① 关于帕特里夏的画中没有壁橱这件事，被告方却只强调那几周她受到的伤害（帕特里夏称，她被绑匪关在那个小壁橱里的几周）。我父亲声明，她在画中指出了厨房、浴室、卧室和客厅的位置，她画了“两条线，两条对角线……表示那里有两扇前窗”。她说房间里有个大壁橱。打开壁橱的双开门，就可以拉出一张活动折叠床。“因此，她划出了那个存放折叠床的双开门壁橱。她告诉我，后来，绑匪大部分武器也存放在那里。”他说，她的画中没再出现其他更小的壁橱（可参见之前脚注提到的《帕特里夏·赫斯特案》，也可参见1976年3月16日的《旧金山纪事报》）。父亲与帕特里夏的五场面谈总共耗时约16个小时，在1976年1月22日的那次面谈记录中，我找到了一份帕特里夏所画房间平面图的复印件。那是幅非常简单的素描：她用大圆圈代表房间，用平行线代表窗户和那个存放武器的大壁橱。

用录音机录音。父亲说，他不习惯在诘问中使用录音机。父亲观察到，在被告拥有“杰出法律人才”的优势下，“这个人就极有可能提到谈话记录”，并利用“事先写好的脚本”（他含蓄地暗示了这点）提前教她某套说辞。若有磁带，便更能证明她很可能真与某个脚本脱不了关系，从而破坏“诘问的完整性”。

贝利先生问，如果没用录音机，我父亲还采用了哪些别的记录方式?

“医生，您不会速记，对吗？”

“不会。”父亲说。

贝利先生立刻揪住这点不放。

“那请问，您都用了什么方法？”

“我用了我的右手、一支钢笔和一张摆在我面前的纸。”父亲礼貌地回答道。

整个审判过程，我母亲都一直在场。她说，这个回答似乎让贝利先生非常不满。

最终，对审判结果最具决定意义的因素或许是：贝利先生起身做总结陈词时，并未集中阐述能让其当事人无罪开释的要点，反而喋喋不休地说些令人费解的话。后来，帕特里夏说，她觉得他多半喝醉了。[①]这点无论用什么标准来衡量，都是对她利益的背叛。法官裁定帕特里夏有罪，并判处她长期监禁，后又改判为入狱 7 年。但她只服了不到 2 年刑便获得吉米 · 卡特总统的减刑特赦。

一边追踪这件将近 30 年前的案子，一边重读这些资料，父亲秉持公平原则，在反复讯问中表现出的那种优雅和泰然自若再次触动了我。不过，我依然记得，案子一结束，我就放下心来。参与此案让他在媒体无情的关注下短暂地出现在公众眼中，而且，在他的讣告中，该案更被作为他此生和职业生涯中的标志性事件，与其临床医生的职业格格不入。[②]如此强调这事，真是令我万分沮丧；他之前的一些病人也写信给我，表达了同样的感觉。

如今已是 2005 年春，父亲已回家 2 年零 6 个月。我发现，

① 帕特里夏在与阿尔文 · 莫斯科合著的《帕蒂 · 赫斯特：她自己的故事》（*Patty Hearst: Her Own Story*）（纽约：雅芳图书，1988 年）一书中写道：“他从被告席上站起来，抓起一堆凌乱的笔记，我看见他的手在颤抖……并且满脸潮红。我想，他是不是在午饭时喝了酒……他的发言不到 45 分钟，但我惊恐地坐在自己的位置上，努力跟上他颠三倒四、支离破碎的发言时，那感觉真像过了一辈子似的。”也可参见 1978 年 8 月 3 日的《波士顿环球晚报》。

② 关于强调父亲在赫斯特一案中扮演角色的报道，从另一方面来说，《纽约时代杂志》（2008 年 12 月 28 日刊）在对当年去世的 24 人做的年终总结中，简短却充满温情地描述了病人们给予父亲的信任，还提到了他与尤金 · 奥尼尔的亲密友情。

尽管他的双手依然灵活，和朱莉娅坐在办公桌前时，还是会在那些蓝纸上做简短的笔记，但在入睡前，他却常常握指成拳，把手紧紧地贴在胸口。

随着时间的流逝，他越发执拗地非这么做不可。西尔维娅和朱莉娅把柔软的毛巾撕成碎片，塞入他指间，以免他弄伤手掌。我要是一边跟他说话，一边轻柔地抚摸他的手指，他就会充满警惕地直视着我，但有时也会展开一只手，由我握着。这个举动或许看起来微不足道，我却一直都将之视为一场小小的胜利。

4 月末，父亲的信托律师告诉我，我的父母已经花光了他们毕生的积蓄。从这一天起，他们唯一的收入，除了可以继续领取的社会保障金，就只有马萨诸塞州心理健康部门发给父亲的那点微薄的退休金了。律师说，这两笔收入只够付房租和其他一些小额开支。只要他们还活着，剩下总共大约每月 15000 美元（即每年将近 20 万美元）的开销，便已无钱支付。这些开销包括：商业保险和医疗保险报销范围外的医疗费、其他相关的医疗支出（如两人都需要额外补充的专用营养剂），以及到目前为止最大的一笔开支——护工们的工资。

律师说，他发现我姐姐无法为他们提供支持。正如我所说的，她还有女儿要照顾。尽管她们长大结婚了，她还是竭尽全力帮助她们。除此之外，她也有其他需要负担的家庭开支和债务，这些我都已经知道。所以，相对她而言，我的情况要简单得多。

律师也说，他需要向我指出：如果我愿意把父母经济困难的情况上报，他们是符合公费医疗补助制度相关规定的。如此一来，把他们仍有经济价值的那些物品出售后，政府会出资为我母亲找一个疗养院，也能帮助我父亲重新回到疗养院。不过，他也说，他觉得我肯定不会接受这个建议。终于把父亲带回家后，还有什么念头能比再把他送回一个机构更令我不安的呢？而且，这一次，还得把我母亲也包括在内。

这些事情，我自然没有告诉母亲，但我知道，她一直对此心存怀疑。因为朱莉娅曾对我说过，她担心我要是一直从自己的积蓄中拿钱出来，如果我也像她和父亲一样长寿，之后或许就会陷入困境。那年 10 月，我的一本书眨眼间登上《纽约时报》畅销书排行榜时，朱莉娅曾把它拿给母亲看，以证明我并没有处于贫困的边缘。朱莉娅说，这虽然稍微缓解了母亲的担心，但也只是暂时的，“接着，她又会开始担心……她总会不断地向我提起这个问题”。

母亲曾对朱莉娅说，她在“二战”期间为某个军事分支机构做过“调查员”（但她从未说过调查的内容是什么）。她也说，她非常喜欢这份工作。

“她跟我说起这事时，我实在忍不住想笑，”朱莉娅说，“我告诉自己，‘你最好还是相信这事！我想，她一旦决定刨根究底地追踪某样东西，是任何人或任何事都无法阻止的。’”

最近，我问了朱莉娅一个问题。把父亲带回家前，这个问题困扰了我很久。这么多年来，母亲已经习惯了护工们专心致志、心无旁骛地照顾她一个人。父亲回家后，会让她产生一种有人在跟自己竞争的感觉吗？

“起初，她是有些想争上一争的感觉。”朱莉娅说，“晚上，如果我正在卧室跟她聊天，我或许会抬头看看表，告诉她我得送药给你父亲。这时候，她就会说，‘你非得现在去吗？’我说非得现在去，因为这对你父亲很重要后，她便说，‘那你赶紧！动作快点！然后立刻回来。’

“但一段时间后，情况就变了。我们聊天时，那件事会突然成为重点。她会抬头看看表，对我说，‘朱莉娅，我想你应该去给哈里送药了。’

“我会说，‘谢谢你的提醒。’等我回来后，她会想知道你父亲是否又睡着了，或者是否感觉舒服。”

正如我所说的，父亲刚回家那会儿，母亲就开始叫他“宝贝”。但他在家中待了几个月后，朱莉娅告诉我，母亲有时谈起他时，会更温柔地唤他“哈里”。

“两种称呼她都会换着用。偶尔，她还会在入睡前决定起身去瞧瞧他，看他那儿的情况是否有什么变化。她会说，‘朱莉娅，带我去瞧瞧哈里。’于是，我便帮她下床，搀着她去他的卧室，然后放下他床边的栏杆，让她吻吻他的额头。之后，她会站在那，盯着他看上好久……

“接着，仿佛突然触动了她脑中某个类似开关的东西一般，她会说，‘没错，他还是个孩子。’”

朱莉娅说，她非常确定，母亲并不认为随着一夜又一夜过去，他真的会有什么变化。

“我也说不清她到底在想什么。总之，我们会走回她的卧室。她会说，‘没什么变化，还是老样子……’然后，一切就那么结束了。”

朱莉娅说，偶尔，认识我父亲多年的一些人会打电话来，问是否可以跟他通话，如果知道他生病了，他们还会询问他的近况。

“卓别林的一个女儿打过几次电话，”她说，“是维多利亚。她最后一次打来电话，就是两个星期前的事。

“她有事来波士顿，就想顺道看看你父亲。我告诉她或许不行时，她就说想见见你母亲，并问是否可以带她吃顿午饭。你母亲接过电话，跟她聊了会儿，还问起她的姐妹们。你母亲说自己没精力打扮，也没力气出门去餐馆，维多利亚问是否可以就过来看望一下。我很希望你母亲答应，她却说自己觉得不太舒服，不能见客。听得出来，维多利亚非常失望。不过，她还是跟我说她完全理解。”

有一次，母亲告诉朱莉娅，她和父亲曾受邀前往瑞士，参加卓别林一个女儿的婚礼。母亲把那场婚礼的细枝末节都描述得非常清楚。

“她说，婚礼是在家中，而非在饭店举行。”朱莉娅说。

那是母亲第一次见到卓别林的女儿们，但直到今天，她对她们的印象依然十分清晰。

“你母亲说，其中一个女儿（她男朋友是名演员）17 岁就离家出走了。她告诉我。那个女儿闹出这事时，卓别林先生非常生气，因为她还那么年轻（尽管卓别林结婚时，他的妻子也很年轻）。你是知道你母亲这人的。‘他活该！’我想，那个女儿应该就是维多利亚……[①]

“总之，你母亲不让她到公寓来让我觉得非常遗憾。我觉

---

① 维多利亚 · 卓别林：她与之“私奔”（用我母亲的话来说），并最终嫁给他的那个男人就是让–巴蒂斯特 · 提瑞。两人组建了一个马戏团，起初取名为“幻想马戏团”，后更名为“隐形马戏团”。

得，这对她一定有好处。我知道那姑娘非常喜欢她。”

和我一样，朱莉娅也相信，这都是我母亲的虚荣心在作怪。她每次到疗养院看望父亲，都要让朱莉娅陪她去科普利广场的一家店做头发。有时，她也会去附近的一家商场替自己买一条漂亮的裙子，因为她要“出门了”。朱莉娅说母亲一直都很担心自己的样貌，因为她说过她从来不觉得自己有魅力。

“你知道吗，朱莉娅，”母亲曾对她说，“作为一个女人，尤其是长大后觉得自己很丑的女人，真不是件容易的事。”

很久以前，她也跟我说过类似的话。可我表示反对时，她却说我的意见不算数。

“你是我儿子。所有孩子都觉得他们的妈妈很漂亮。”

对此，她非常固执。

母亲去世后，据朱莉娅描述，母亲在生命的最后几年里，曾就宗教这个话题跟她展开过几次讨论。母亲问她关于信仰的问题，也会问她所去教堂的情况。朱莉娅跟我在她那个社区教书时遇到的很多母亲和祖母一样，是个虔诚的信徒；而我母亲的信仰则要显得犹疑和有限得多，她因此养成玩世不恭的性格，也就不足为奇了。

我发现，迄今为止，我几乎还没说过母亲对宗教的感觉或信念。至于我父亲，若直言不讳地说，他应该没有信念。对于传统宗教的种种教义，他向来反抗得十分激烈（回想一下，他哈佛的毕业论文题目正是《宗教与疯狂》）。

和母亲结婚（他们在新罕布什尔州一个小镇上举行了一场非宗教性的结婚典礼）后，两人虽然加入了犹太会堂，却只偶尔出席宗教仪式，有时是周五晚上，但大多还是在圣日。后来父亲告诉我，他之所以继续留在犹太会堂，主要还是出于社会原因——用他的话来说，就是“屈从于礼貌”，不过，他应该也出于对他哥哥的尊重，因为他哥哥是该团体中的领军人物。

因此，各种混乱局面和明显矛盾当然是无法避免的。一连数年，父亲不仅每周都将我和姐姐送去教会学校一次，还在我举行受戒礼[①]前的一个夏天，雇人到家里教了我大约6周的希伯来语。但我依然觉得，这是社会压力迫使他做出的某种纠正性行为。我不知道他还有没有其他目的，但我觉得，宗教并非他这么做的动机。

我想，如果祖母的信仰没有以那种深植于心的方式传递给他，他对宗教的态度或许会大不相同。祖母在将自己的信仰传递给我的时候，至少是富于感情的；而据父亲描述，她传递给

---

① 13岁犹太男孩在完成犹太教的研读课程后所受的成人礼，通常于周六早上在犹太教堂内举行。

他的，却“是对其毫无意义的大量规则和可怕威胁”。进入大学后，他便彻底拒绝了母亲灌输的那套思想。然而，我读大学时，经常在祖母（我叫她“布比”）家消磨掉的那些晚上，祖母却是以一种少了训诫意味、多了几分个人感悟的方式向我传递她的宗教信仰。可以说，这跟她传递给父亲的方式是完全不同的。

我知道他很爱自己的母亲——在疗养院时，他说起祖母的样子，仿佛祖母依然在世一般——但他也很怕她。他叫她“总司令”，并说若是有犹太人违反她遵循的那些生活准则，她就会变成一个“无比可怕的人”。（父亲告诉我，有一天晚上，祖母走进一家中餐馆，发现跟她同一教会的某个人正在吃排骨、大虾和米饭，她立刻端起那人的盘子，把“所有食物都倒在了他身上”。）

岁月让祖母采用了一种与对待其同辈人或自己子女不同的方式，来更成熟而宽容地对待我这个不严守教规的孙子。对我来说，这真是一桩幸事。在她生命中的这个时刻，她对万事万物的态度都已温柔宽容了起来。

父亲对宗教的抗拒心理，从未随着时间的流逝而缓和半分；而我母亲独立而尖锐的个性却让她对宗教有了独到的见解。她常常对我说，她信仰的上帝，并非某个让摩西站在山顶传下一套戒律、可以想象出的实体（她认为，这是“不可能的”），而是一种超验之力，某种道德上的，或许十分模糊的抽象实体。她还说，她也相信人类的存在是有道德因素的。她钦佩所有相信这点，并用自己的生活证明该信念的人。

年近98岁的她开始不断地追问我在纽约的一个密友兼同事，或许这也是原因之一。我那位朋友名叫玛莎·欧弗罗尔，是个圣公会牧师，服务于同样穷困的纽约布朗克斯区，我也跟该区的孩子们待过一段时间。后来，我在一本名为《天赐恩宠》（*Amazing Grace*）的书中，详细描述过玛莎·欧弗罗尔。朱莉娅曾给母亲读过这本书。玛莎对那里孩子的无私奉献让我母亲肃然起敬。她还问过我，有朝一日，是否能让她见见这位牧师。如今，玛莎已经来到马萨诸塞州。然后，在那次著名的“回归田园”运动中，她找机会来到公寓结识了我母亲。

就这样，两人见了面。玛莎是个特立独行，且有很多独立价值观的人，所以精力充沛、思想活跃的母亲对她很有吸引力。她说她很喜欢我母亲的幽默感。玛莎逐渐了解母亲期间，即便说起那些非常不成体统的事，母亲的顾忌也是越来越少。

玛莎虽然没有劝母亲改变宗教信仰（这么做有违她的性格），但她很快发现，尽管母亲依然对永生持怀疑态度（我想，从某种程度上来说，母亲是很想接受这种信仰的，即便不是以牧师坚信的那种方式接受，也会以某种她或许觉得合适的方式接受），却已经把她视为良师。但此事的重点在于：玛莎无懈可击的道德感已经彻底征服了我的母亲。结果，母亲终于问玛莎是否可以在她去世后为她主持葬礼。

玛莎似乎对母亲和其他人的脆弱充满了无限的同情；或者说得更确切些，她对母亲的处境充满同情。面对不可预知的未来，她的到访为母亲带来了一种安宁感。不过，大多数时候，两人相处的时光都是十分愉快的。朱莉娅说，即便在生命的最后几年，母亲拒绝让维多利亚或其他老朋友登门拜访时，“她也总是问我，玛莎什么时候来看她”。

玛莎当然未曾领教过母亲的反复无常和颐指气使。她的那些小脾气，主要还是留给了我和照顾她的护工们。那些耐心的女士在照顾她的同时，也竭尽所能满足我父亲的需要，为他的余生带去些许欢愉。

第十章

母亲的指引

从那时候起，父亲的身体每况愈下，越来越多地陷入一种越来越柔顺、通常昏昏欲睡的状态，看上去就像个困惑的小男孩；而我母亲则变得思想越来越丰满和复杂。

每天晚上，朱莉娅陪母亲的时间常常要多过西尔维娅。通常，朱莉娅一大早就会来到公寓，然后几乎一整天都在照顾我父亲。直到父亲6点上床，母亲才有机会让她喜爱的朱莉娅陪自己说说话。她与朱莉娅共处了这么长时间，我想，一些关于她如何对待朱莉娅的话，如今也该毫无避讳地说出来了。

从朱莉娅答应做我母亲的护工时起，我脑中就一直都有个问题。我母亲会如何对待她呢？在我成长的20世纪40年代，富人区的白人女性大多还是将有色人种妇女视为仆人。通常来说，我大多数朋友的家里都有个替他们打扫屋子、照料孩子的“有色女仆”或“有色丫头”。而且，无论她们多么亲密（我那些朋友的妈妈们似乎总在不停地说她们有多爱家里的女仆，以及多么感谢她们），她们之间的关系显然都是不平等的。

我母亲与朱莉娅之间的关系也是不平等的。母亲一直是家里的老板，朱莉娅只是个受雇前来照看她的人而已。但经过这些年，母亲的态度和想法还是发生了一些改变。例如，我发现，她会慈祥地关爱我在教书期间带去看望她的那些孩子们。民权时代潜移默化地改变了我的父母，我在波士顿直接参与种族对抗的行为，也赢得了母亲的强力支持。当然，父亲也及时表达了支持之意。

不过，朱莉娅并非在我过去教的那些小孩中。对于处在我母亲这个种族和阶级的女人来说，对孩子投入感情当然会容易一些。因此，我对朱莉娅说，无论是遇到母亲习惯性的偏执，还是那些我童年起便存在的种族暗示，她都可以直言不讳地告诉我。

“别担心，”朱莉娅对我说，“我受得了。我也是从那时候过来的。如果真感觉到什么，我一定知道是因为什么。”

但我并不想让她有种被迫“接受”的感觉。因此，朱莉娅跟我说起母亲最后几年，她们之间的深情厚谊，以及母亲在朱莉娅特别需要关爱时给予她的安慰和支持，我真有种如释重负之感。

“相对她那个年龄的人来说，你母亲有种十分罕见的能力。发现我正经历痛苦时，她都会先抛开自己的事。我丈夫去世时，她特别努力地安慰我，就‘为爱付出的代价’这个话题（这是她反复提及的观点之一）跟我谈了好几个小时。只要需要，我就可以在她面前哭，她则会说，‘把椅子拉过来，坐到我身边。’我要是一直哭个不停，她还会把我搂进怀里。在精神上，她依然那么强大。只要跟她说话，我就会感觉更坚强……

“她要是偶尔伤害了我的感情，也会立刻意识到。她会说，‘对不起，朱莉娅。’我要是去了客厅，她还会叫我，‘朱莉娅，你能回卧室来吗？我需要向你道歉。’”

在这些年里，朱莉娅的一个孙子因心理疾病而突然自杀，或许这是最让她伤心的事。她一直未能从中恢复过来。她说，每次需要释放情绪和心中的那种内疚感时，我母亲就会讲起她认识的某些人，那些人也有挚爱之人选择了自杀。而且，他们也会责备自己没能阻止悲剧发生。

“我无法形容这对我的帮助有多大，”朱莉娅说，“当然，我知道他病了。陷入抑郁后，他就离开了大学。他没法再继续学业，只能退学。我让他回家跟我一起住。

“之后一段时间，我以为他有所好转。他服了药，看起来也稳定多了。出于某种我也无法理解的原因，他突然决定停药。

停药后不久，他就自杀了。尽管根本不知道原因，我还是相当自责。把这件事告诉你母亲后，她虽然无法让我不再痛苦，却帮助我放下了已成执念的内疚感。

"'朱莉娅，'她说，'我很理解抑郁。所以，我不能让你认为这是你的错误或责任。'对此，她的态度非常坚定……"

我母亲去世前两年，朱莉娅的母亲就去世了。对她来说，那又是一次痛苦的经历。母亲又一次把自己的事放到一边。

"她向我伸出双手，让我坐得近一些。'朱莉娅，'她说，'我知道你很孤独，之后很长很长一段时间，你都会非常想念母亲。但我一直在这，随时都能听你诉说。现在，就把我当成你的母亲吧，我会帮你渡过这次难关的。'"

听到朱莉娅提起这些往事，我心里充满了感激。我想，毫不夸张地说，她或许是迄今为止，我母亲最亲密的朋友，也肯定是她最信任的闺蜜。她们之间的忠诚感坚不可摧。

朱莉娅的母亲去世时，我母亲已经100岁了。那年和第二年年初，母亲还是会每天下床到客厅用午餐，有时候也会去那喝茶。通常，她会在餐桌上吃晚饭，然后去我父亲的卧室（有时，她也会隔天晚上去一次），站在旁边静静地看着他，最后俯身给他一个吻。跟西尔维娅和朱莉娅交谈时，她大多数时候头脑都很清醒。我要是在她脾气暴躁时来访，她就会像往常一样，有些专横而独断地待我。

有一天晚上，她研究了半天我的细条纹衬衫和深蓝色领带后，伸手摸摸布料，说："我喜欢这件衬衫……希望你再买几件类似的回来。"

另一天晚上，她问我："你剪头发了吗？"但是，我正在赶截稿日期，直到来见她的头一天，才把已经一个多月没理过的头发剪了。

"别再把头发留得太长，"她对我说，"你留短发看起来更年轻，就保持这个发型吧！"

朱莉娅当时也跟我们在一起，她忍不住笑着说："考泽尔太太，你真是一直都在给我惊喜呀！"后来，朱莉娅在客厅里说，"你母亲也对我说过类似的话。我要是穿了新衣服，她不仅会对此表达喜爱之情，甚至还会问我在哪儿买的，或者花了多少钱！"

那一年，在我的催促下，母亲跟我长谈了很多次，生动而细致地讲述了她的童年、大学时代和与父亲几十年间那些欧洲之旅中的所见所闻。她告诉我，他们刚刚开始横渡大西洋的旅程时，根本没有飞机坐，只能把两人的衣服都打包放进轮船衣箱（这种箱子像衣柜般，装有一格格的抽屉），乘老式汽船出行。她的一个壁橱里至今仍放着一个那样的箱子，上面的标签还有他们所乘船只的名字。

随后的几年中，航空旅行渐渐变成前往欧洲的常规出行方式后，他们还是更愿意选择当时最著名的那几艘客轮出行："自由"号、"法兰西岛"号、"玛丽王后"号，或一艘名叫"米开朗基罗"号的漂亮意大利客轮。母亲告诉我，到20世纪五六十年代，父亲的医生职业让他们负担得起比过去更昂贵优雅的酒店后，他们也住过罗马的西班牙阶梯酒店、哈斯勒酒店或巴黎的雅典娜广场酒店。

一天晚上，她跟我讲起一个梦。梦中，她坐在雅典娜广场酒店门厅的一张桌子前。

"那里只有我一个人，我也不知道为什么。我想，我正在等你父亲。"

她在梦中不停地考虑各种问题，比如他们应该选哪个房间入住，她把自己的护照放哪儿了，以及父亲被什么事耽搁了。她说，她坐在门厅，整整等了三天。

第三天晚上，父亲到了，她终于可以起身前往他们的房间。父亲已经为晚餐换上"一身正装"，母亲说，"他还请我帮他调整领带。"接着，两人便下了楼。酒店外，一名法国医生及其妻子正在"一辆看起来有些滑稽的小车"里等着他们。

"那个梦简直太真实了！"她说。在梦中，她还对自己说，

“这个梦我以前应该做过……”她问我是否也有相同的经历。

“有过好多次！”我对她说，“我知道自己在做梦，却忍不住老是想‘这地方我以前肯定来过’。”

“对，正是如此！”她说。那个梦中唯一让她不安的部分，就是在门厅等待父亲的那段奇怪经历。

另一个晚上，她跟我说起在多切斯特区的成长经历。那里虽然基本上是个犹太人社区，却离一个住着很多爱尔兰富人的区域很近。

“肯尼迪总统的母亲罗丝·菲茨杰拉德就住在离我们社区仅一英里远的阿什蒙特山。冬天，她会带着她的父亲坐在一辆两匹马拉的四轮马车里从我们面前经过……

“我刚出生那会儿，家里用的还是煤气灯，我们那条街上装的也是煤气灯。晚上，一个骑自行车的男人会带着一根长竿，把街上的灯一一点亮。”

她说，她还记得装上电灯那会儿，自己有多么激动。

母亲的父亲是名牙医，在她出生那会儿非常忙。从俄国来到美国仅仅两年后，他就于1898年进入了塔夫茨大学。母亲大约从10岁开始便在周六跟着他到学校，帮他打扫办公室。他要是周六也有约诊，她就站在牙科治疗椅旁，替他递需要的工具。

“我们乘电车出行。他的办公室在特里蒙特街，离著名的约旦马什百货商店不远。”

那家商店现在已经关门了，当时却是该城市中心商业区一个多世纪以来人们最熟悉的一处地标。

我的外祖父享年92岁，干牙医一直干到80多岁。据我所知，外祖父是个一腔热忱的社会主义者，但他从没跟我提过他的政治信仰。他喜欢聊他看过的书——大多是英美19世纪的小说。他的书房里有一套皮面的查尔斯·狄更斯小说。我十一二岁时，在他的介绍下，阅读了《皮克威克外传》《雾都孤儿》《大卫·科波菲尔》《艰难时世》和《远大前程》。他允许我把书带回家，利用夏天的夜晚阅读，后来还把整套书都送给了我。

我的外祖母是个十分美丽的女人。她在布达佩斯长大，深受19世纪末奥地利和匈牙利的音乐传统熏陶。我记得五六岁时，曾听过奶奶（我叫她“奶奶”）在客厅用钢琴弹奏愉悦的华尔兹和轻快的歌剧舞曲。就是她，决定让我母亲学习小提琴。后来，母亲逐渐爱上了小提琴，还为上大学后放弃学琴的事遗憾不已。

不过，母亲早年浸淫音乐，尤其是室内音乐的经历，为她的婚后生活留下了深深的烙印。记得我刚上小学那会儿，家里有台“维克楚拉”留声机，母亲会用这台留声机播放她小时候的音乐。她最爱的一首曲子是罗伯特·舒曼的44号作品——一首浪漫的钢琴五重奏。有时，我跟她坐在厨房时，她便会从头哼起那首曲子。

从拉丁学校毕业后，母亲前往惠顿市，进了一所小型女子学院。那所学院离南波士顿大约一小时车程。她在惠顿市读大一那年，她的父母从多切斯特区搬到时尚郊区布鲁克莱恩。两年后，她弟弟进入哈佛大学。故事就这样发生了。她弟弟不仅跟我父亲成了同班同学，还非常适时地请我父亲到布鲁克莱恩的家中吃了顿周日晚餐。于是，我的父亲就这样邂逅了我的母亲。

两人在父亲就读法学院期间结了婚。起初，他们并没有公开婚讯，因为外祖母瞧不起父亲的家庭。用她上流社会的视角来看，父亲家不仅比他们家穷困得多，也“粗鄙没教养”得多。因此，这也成了外祖母反对他们结婚的唯一原因。

有一次，父亲告诉我，祖母对这桩婚姻也有所保留。“她担心，我选择如此穷困的时候结婚是否能养活自己。但我告诉她木已成舟，我们已经在新罕布什尔州结了婚。”为了安抚祖母的情绪，大家同意在拉比家中再举行一次仪式时，“她便接受了这一切……”

为了让父亲实现与欧金·布洛伊勒的会面[①]，最后，他们的蜜月旅行去了瑞士。那时候，豪华酒店完全在他们的预算之外。

“我们住最便宜的旅馆，花每一分钱都精打细算。”母亲说，“但那段日子，是我一生中最开心的时候。我真为你父亲骄傲！而且，他又是那般英俊！”

她告诉我，在日内瓦，他们会沿着湖边散步很久。

“过去，他经常戴一顶你在老电影中会看见的那种帽子。遇到陌生人从旁经过，他还会掀掀帽檐，向他们致意。”

他们抵达布洛伊勒医生在苏黎世的博格黑兹比疗养院后，“医生把我们带到他家（他家在城外一个美丽的小镇上），坚持留我们跟他及其家人共进晚餐”。

母亲说，因为布洛伊勒医生对父亲的慷慨亲切，比起原计划，他们在苏黎世多待了几天。

“检查病人时，他邀请你父亲跟其他医生一起参与讨论。”

有一次，父亲的心思全放到了那些医学观察上，“布洛伊勒医生就带我到处游玩苏黎世各个社区”。

---

① 布洛伊勒医生在父亲去拜访他前两年（即1927年），从博格黑兹比疗养院院长的职位上退休，但依然在那接待外国访问者。两人见面后，他把父亲带到附近的屈斯纳赫特小镇。布洛伊勒医生依然在屈斯纳赫特镇接待私家病人，父亲也是在那里观诊，并在医生们替病人做检查时参与相关讨论。根据父亲的笔记和母亲的回忆，布洛伊勒医生的家位于一个名叫措利孔的小镇。

她说，长日将尽时，“他把我带进一家冰激凌店，给我买了个巧克力冰激凌。那时候，他已经是个德高望重的老人，却还是对我那么好！手帕掉到地上，我都还没来得及去捡，他就已经俯身拾起它，递向我手边了”。

得知他们正在度蜜月，布洛伊勒医生还建议了几处他认为瑞士值得一去之地。

“我们去了因特拉肯，乘坐那些小船横渡湖面，还坐了一辆直接开上山的小火车。我们在洛桑待了几天，然后前往巴黎，见到了皮埃尔·雅内！你能想象，这一切让我多么兴奋吗?！”

不过，据我所知，他们的婚姻并非一直这般悠闲安然。或者，换一种说法，尽管成长过程中，我也像很多孩子一样很想相信自己父母的婚姻是完美的，可事实却并非如此。母亲如此怀旧地谈起在瑞士的那几周生活，但仅仅几个月后，她就用一个从未与人分享过的秘密让我大吃一惊。她说，婚后她曾两次爱上别的男人，第一次是在她30出头、两人结婚仅8年之时，第二次是她40多岁时。

第一个男人名叫贝内迪克特·阿尔珀，是父亲大学时最好的朋友。本[1]是个迷人又帅气的男人，不仅潇洒浪漫，殷实的家境也让他拥有了一辆属于自己的车。母亲说，那是辆敞篷车。

① 贝内迪克特的昵称。——译者注

他开始追求她后，有时会把车让给父亲开。父亲在波士顿精神病医院当住院医生期间，每次一离家就长达6周。于是，母亲就在那段倍感孤寂的日子里与本越走越近。

她坦言，因为知道父亲被共事的“一群漂亮护士”（这是母亲的原话）吸引，所以对她来说，这一切更难接受。母亲怀疑，父亲不仅仅只跟她们调调情而已；后来，母亲也获悉，事实的确不只是调情。

虽然她想让我明白，她和本从未发展到肉体关系，但她留给我的印象却是：即便真发展到那步也没关系。她说，她觉得本估计从来都不知道，自己对他的吸引力有多大。

第二次，她确确实实地“背叛”（这是母亲自己的用词）了父亲，事态比之前严重得多。

“我出轨了。”

说这句话时，她非但没有一点后悔之意，声音中反而有种吐露隐秘的兴奋感。她没有告诉我那个男人的名字，却特意强调说：尽管有这段风流史和父亲给她带来的苦痛（父亲的风流情事比她频繁得多），她依然一直深爱着父亲，并为他的职业感到无比骄傲。总而言之，她很高兴自己嫁给了他。

这让我忍不住问她，面对自己的背叛，是否会感到内疚？

“一点儿也不！”她说，“他也出轨了，所以我才如法炮制。”

接着，她又习惯性地突然结束了这个话题："去另一个房间，看看宝贝怎么样了……"

母亲这种直言不讳和尖酸刻薄让我大吃一惊，但那并不是最后一次。12 月初的一个晚上，朱莉娅不在，我和西尔维娅坐在母亲床边聊天。母亲看样子又在出神，似乎正在享受她越来越喜欢的某种幻境或白日梦。西尔维娅善于交际，好奇心又强，我的私生活和工作她都知道得不少，而且，她还总是有兴趣再了解一些。

她说，从我的那些书可以看出，我访问各个学校、与孩子们待在一起的时候很快乐。

"你曾向往过拥有属于自己的孩子吗？"她问。

母亲尽管看起来一副神游太虚的模样，却并未如我想象的那般完全陷入自己的世界里。西尔维娅刚提出这个跟孩子有关的问题，她就猛地睁大了眼睛。

我犹豫片刻，接着对西尔维娅说："没有孩子的确是真正令我感到遗憾的事情之一。"

但我也说，处于现在这年纪，我也不大可能再有孩子了。我想，估计就是这句话一下子刺激到了母亲。

"你还是可以有孩子啊！你又不是太老。"

"首先，我们得替他找个妻子。"西尔维娅说。

母亲愤怒地盯着她，没好气地问："为什么？"

"考泽尔太太！"西尔维娅说，"一个男人要是不想费工夫找个愿意娶的女人，就不能随随便便有孩子。"

"真荒谬！"母亲说，"为什么不能？"

西尔维娅是那种最保守的女人，向来严格要求自己的女儿和孙女。母亲这番话简直把她吓坏了。

"考泽尔太太！"她重申道，"您都跟您儿子说了些什么啊？"

"那真是我听过的最疯狂的事。"母亲说。

我并不认为母亲真的相信自己跟西尔维娅争辩的那些话，但她为了驳西尔维娅的面子脱口而出的那些话，以及虽然姗姗来迟，却终究透露出的风流韵事，也让我见到了母亲在道德独立方面颇为粗俗的一面。

不过，除了像激怒西尔维娅这般意外又有趣的时候，冬末时，母亲发现，自己曾引以为傲的清晰头脑和能精确回忆起往事的能力都急剧衰退了。

"我开始忘事了，"一天晚上，她对我说，"有时，我能想起某个地方，我甚至能'看见'它，但就是想不起它的名字。"

"人人都会碰到这种情况。"我试图安慰她。

接着，心血来潮之下，我问她是否还记得高中时学过的那些拉丁词。她立刻把刚刚才为记忆衰退而沮丧不已的心情忘了个一干二净，抑扬顿挫地念起第一个拉丁语动词的各种动词变位（这也是在拉丁语学校就读的孩子们学习的第一个动词变位）。

“Amo, Amas, Amat, Amamus, Amatis, Amant…”（该词意为“爱”）

“太棒了！”我说。仿佛我们又回到了学校，而我就是老师。我问她是否还记得任何名词，她马上说出了“puella”（女孩）的单复数形式。或许跟很多学生一样，最初那几周令人胆寒的拉丁语课，给母亲留下了至今都难以消解的恐惧感。

但事实上，母亲对自己能力衰退的评价的确日益明显。到第二年春天，她的胃口也越来越差，连朱莉娅坚持端进她卧室的饭也不吃了。

“考泽尔太太，”朱莉娅会说，“您需要吃点儿东西。”

母亲却对朱莉娅说，“我没必要吃，你不能强迫我，把托盘端走！”

但一小时后，她又可能把她叫进卧室，责备地看着她：“朱莉娅，你没给我晚饭！”

然而，到了 5 月，即便这种短暂的唱反调行为也越来越少。朱莉娅注意到，她也不再问很多关于父亲的问题。

“有时候，”朱莉娅说，“她似乎忘了他依然在隔壁房间……”

6月的一天晚上，母亲低声跟我说了些什么，但她声音太轻，我一句也听不懂。于是，我凑得更近了些。她说有些事要跟我说，但“不能让别人听到”，我得先去把门关上。

关上门回到她身边坐下后，她说：“我这儿有个钱包，里面有很多钱。”

过去的一年多里，她一直都随身带着个小钱包，通常都藏在毯子下面。她拿出钱包，给我看装在里面的200美元。

“衣柜里还有，就藏在底层抽屉我那些毛衣下面。”

她声音一直很轻。

“你要是有什么需要，我希望能把这笔钱留给你，这也是我为你妥善保管它的原因。”

我发现，她以为200美元是很大一笔钱。当然，她还是个孩子时，这的确不是笔小数目。我没说任何或许会破坏这种印象的话。

“妈，我现在很好，”我对她说，“但有朝一日我若真的需要，我会记得它放在哪儿的。”

“这是我的钱。我是你妈，我有权利决定把它给谁。”

“我知道，我不会忘的。”我向她保证道。

“过来。”她说。

她吻了我，我也回吻了她后，她说我可以去把门打开了，并说她想“喝点儿茶……或许也可以来点儿干酪”。

我走进另一个房间，和朱莉娅一起，把东西一一摆上托盘：三个杯子（一人一个），外加母亲最爱的卡门贝干酪和爱蒙塔尔干酪。她也很爱喝茶，还总是对朱莉娅说“别太浓”。不过，干酪她几乎一口都不吃。

随着夏季的来临，母亲越来越频繁地支开西尔维娅和朱莉娅。要是只有我在房间里陪她，有时她会努力打起精神来跟我说话，但也没了往日宣布决定和要求时那种颐指气使的派头，而是换了种轻柔得多，也消极得多的口吻。通常，母亲一次也说不了几句话，没过多久，她就开始逐渐跟我道别了。

“我不想吓你，”一天晚上，她紧紧地握着我的手说，“但我并不害怕死亡。我离开的时候，希望你能坚强……”

这句话，她并没有说完。

随着夏季一天天过去，母亲越来越僵硬的姿势和日益频繁的紧闭双眸都清楚地表示：尽管似乎依然在努力抗拒，但她已经逐渐失去了求生的意志。她也握紧了拳头，却并非父亲那种毫无意识的反射性握法，而是一种准备战斗的态势，就像某个已经做好最后一击准备的人。

她知道，自己不会多么努力地去争取胜利。

即便到了现在，她幼儿时期一些最温馨甜蜜的回忆还是会显现出来。她开始背诵或许是婴儿时期从母亲那学来的一首童谣。

一二

三四

五六七

所有乖孩子

都要到天堂上去

……

起初，她只会念上一两遍；但很快，她就会一口气把这首童谣念上六七遍。渐渐地，它听起来并不像能给她带来抚慰的样子，反而更像一种无意识的自发行为。

到了9月，我发现我每次走进房间，她几乎都偏着头，下巴绷得紧紧的，张着嘴，手指虽仍捏成拳头，却不再像准备战斗或抵御什么的样子。如今，她已经很少直接看着我，只有在我探过她的身子时，那双凝望着天花板的眼睛才会撞上我的目光。

到了10月末，她跟我说过的最后时刻终于来临。我知道，我得听她的，不能违逆她的意愿。

吞咽困难和胃分泌物或未消化的食物残渣冲入喉管，以及肺部引起的呼吸困难，致使母亲因严重的机能性充血和低烧入院。然而，接受检查后，她的情况又恶化了几分。于是，院方将其送入菲利普病区。住院医生告诉我，抗生素或许能退烧，但呼吸问题就只能靠插管解决，即往胃里插食管和往喉咙里插呼吸管。

“都到这时候了，你应该不想这么对待你母亲吧。”他说。

看着母亲仰面朝天的脸、紧闭的眼睛、张开的嘴和线条坚硬的下巴，我站在她床边，简略地扫了眼一个护士带来让我签字的《放弃抢救书》。签完之后，我留在原地，看着医生完成吗啡注射[①]，朱莉娅也陪我站在床边。

母亲又坚持了几个小时。当第一缕阳光从百叶窗后透进来，我听到她呻吟了一声。我问医生是否需要加大吗啡剂量。一个小时后，他又进来注射了一次。到了最后时刻，一直待在病房里的那名护士离开了。没等我开口要求，朱莉娅也走了出去。我想一个人待在那，给母亲一个最后的拥抱和亲吻。

母亲曾说过，相比葬礼，她更喜欢在墓旁举行一场仪式。最后，聚集到奥本山公墓母亲墓地旁的有：露辛达、朱莉娅和其他帮忙照顾过她的人、我姐姐和她的女儿们、几个亲戚，以及母亲的几位密友。玛莎用一种轻柔而沉思的语调（我想，母

① 此时，午夜应该已过去好几个小时。从我的记录来看，“母亲于早上8点12分过世”。

亲应该会喜欢这种腔调的）读了《路得记》里的一段话，并说起母亲的性格和她漫长而有趣的一生。在我让一个朋友带来的CD机（激光唱机）上，我们播放了舒曼的钢琴五重奏。这是首令人难以忘怀的大小提琴合奏曲。我知道，如此浪漫的旋律，母亲一定会喜欢。

仪式后，我回到公寓。为了让朱莉娅能出席仪式，西尔维娅留了下来。父亲睁着眼睛躺在床上，脸上还挂着微笑。就算他真的有点儿意识知道母亲再也不在隔壁房间里，他也搞不懂真正的原因是什么。

我走进母亲的房间，看着衣柜上的照片。红袜队的运动衫还叠好放在床边的桌上。她一直带在身边的那个钱包仍在原处，有一半还藏在毯子下面。去医院时，她忘了将它带上。

第十一章

追逐已逝的回忆

母亲逝世后，我跟她的对话仍然继续了一段时间。夜晚，我会躺在床上，告诉她我的生活里发生了什么——有时是这一天里的趣事，有时是第二天早晨醒来前，我必须要做出的某个艰难决定。整整一年多，或许是遗传自她的固执，让我无法接受自己已经失去她的事实。

母亲下葬后不久，父亲的信托律师就约我见了面。他说，既然我母亲都不在了，就更没必要继续租住公寓。他再次建议出手父亲的物品，由此所得的收入就可用于他的各项开支。律师还说，迅速花光那笔钱后，父亲就能满足医疗补助制度的要求。到时候，我们或许便能为他找个“相当舒适的地方”，无论他再活多少年都能安度余生。

“老兄，你也能替自己省下一大笔钱。”

他一边观察着我的反应，一边仍如往常一样，用那种贵族般颇有教养的口吻说道。这种口气，总让我想起大学里碰到的那些来自格罗顿中学和圣保罗中学的贵族男孩。

我不认为他真的相信自己能说服我。我已经告诉过他，正是因为父亲的反复要求，我才把他带回家。无论他是否还认得那是自己的家，我也已经下定决心，他将在那住到咽下最后一口气为止。

母亲去世后的几个月里，父亲的生理节奏和之前基本没什么两样。

西尔维娅说："我 7 点进屋后，总会说，'考泽尔医生，早上好。'他则会抬起头，一脸明媚，又带点儿警惕地看向我。要是他正好面朝我的方向侧躺在床上，他的目光还会一直追随着我。

"我端来早餐时，他的眼睛要是闭着，我就会说，'你得把眼睛睁开，要是还闭着，我可不给你早饭吃。'他会乖乖听话，睁开眼睛！然后，要是看见我把勺子探入布丁或苹果泥中，他还会张开嘴，看着我举起勺子。把食物喂入他口中后，即便根本不用咀嚼，我也会看到他做出咀嚼的动作。对他来说，这已经是种下意识的反应……

"他喜欢布丁——所有甜的布丁。他最爱香蕉布丁、鲜桃汁布丁、杧果布丁和香草卡士达。我之所以知道，是因为吃起那些布丁来，他总是咽得很快。我要是给他蔬菜泥，他虽然也会吃进口中，咀嚼时间却长得多。”

他的腿虽然很虚弱，手臂却依然有力。西尔维娅替他洗澡时，他依然会奋力反抗。

“他还是会用拳头挡住私处。无论我把他的手挪开多少次，他都会又放回去。有一次，我真是生气了，对他说，‘把那双手拿开！’他把头转向一边。我走到他身后，听见他说，‘哦，天哪！’接着，我对他说，‘很好！我让你说话了！’”

如今，我晚上吻他时，他已经没有力气回吻我。但他会把嘴唇贴在我脸颊上，有时还会抬起头，似乎带着极大的好奇心，仔细地端详我的脸。他那双澄澈的蓝眼睛，总会突然透出我一向都很喜欢的灿烂笑容。

我有个年轻又聪明的研究助理，几年前起就一直跟我共事至今。她很喜欢前来看望我父亲，并总是带来鲜花，为他的房间增添几分朝气。她注意到，公寓里每天都会送来《波士顿环球报》，对此，她有些迷惑不解。因为她知道父亲已经没法读报，即便西尔维娅把其中一些报道读给他听，他多半也听不懂。

我向她解释说，我正竭尽所能替父亲维持一个文明、熟悉、尽可能与外部世界保持联系的环境。把每天送来的报纸放到他办公桌或卧室的桌子上，只是我所做努力中的一小部分。（如今，朱莉娅和西尔维娅基本上已经会在这里留宿。他睡着后，她们会在晚上读那些报纸。）父亲去世后，我最后做的事情之一才是取消订阅那份报纸。

第二年，父亲不得不再次入院。问题出现于2月初。当时，他那位老年病科医生经过一系列检查，在他直肠上方发现一处她称之为“浅表溃疡”的病灶，其实是严重褥疮的伤口。但她既没有给出任何治疗方案，也没有安排后续检查，而只是让访视护士每周过来看父亲一次，如果溃疡没有愈合，就及时告诉她。然而，溃疡并没有愈合，反而越变越大时，那名护士却从未出现过。无论出于什么原因，医生的话都显然没有传达到她那里。

到3月16日，溃烂区域的面积已经翻倍，成了所谓的“坏死脓肿”。后来医生说，“我印象中……护士和伤口护理专家应该密切关注过病人的情况……”但她似乎没有采取任何措施确保上述做法。

3月17日，另一名护士出现在公寓。一检查完父亲的伤口，她就建议应该将他送进医院。那天深夜，一名医生告诉我，CAT扫描（也称CT扫描，是一种计算机层析呈像技术）已经证实，“骨溃疡坏死组织”或许已经大量涌入他的直肠。他们已经咨询过一名外科医生，并已通过静脉注射，将开出的抗生素注入父亲体内。

那天晚上和之后的三天里，我跟一系列医生谈了话或见了面。第二名医生告诉我，父亲目前正在发高烧，他相信脓肿已经扩散到他的直肠。如果真是这样，那将有两个选择："极端做法是在全身麻醉的情况下做场大手术，但这会非常困难。他可能死在手术台上。"替代方案是：我父亲接受的抗生素药物或许能抑制感染，"也许能减轻症状"。他要是能在家得到妥善照顾，脓肿或许也能开始愈合。

第二天，另一位医生说，直肠内似乎并没有像之前担心的那样出现感染迹象，而父亲的烧也退了。但又过了一天后，另一名医生告诉我，因为没有及时治疗，长时间的耽误已经让那处溃疡面积大增，因此根本无法确定它是否能愈合。或者说，至少数月内，也许整整一年内，它都无法愈合。

面对这么多不同意见，又没有父亲的常规医生（即她所谓的"主治医生"）整合意见来给我一个明确又容易理解的预测，我真是不知所措，拿不准该相信哪种意见了。最后，还是无比自信的西尔维娅认为，她可以如医生所说（跟我谈过话的 4 名医生中，有一位消除了我的疑虑和犹疑，并劝说我尽快把父亲带回家），帮助父亲更快地恢复过来。

父亲一回到家，她就跟朱莉娅制订了一套行动方案，以保护受创区域不再受到额外刺激。她们订购了一床特殊的弹性软床垫，让父亲睡觉时侧躺在上面。如此一来，便不会给他的直肠和下半部身体造成压力。这可不是件轻松的差事，两人必须整夜看着他。不过，在她们精心又勤勉的照顾下，溃疡真的开始愈合了。

然而，根据相关资料记载和朱莉娅直言不讳的记录，父亲的那名医生“在我们需要她的时候依然失联”。如今再来回顾当时的这种情况，朋友们都问我为何不放过自己、西尔维娅和朱莉娅，老为这件令人挫败的事伤神。我认识波士顿地区的一名医生。朋友们都建议我向他求助，替父亲另外找一名医生。事实上，我的确提过这些要求，对方的建议却是：父亲的生命已经走到这个阶段，其他医生不太可能愿意接手照顾他；或者说，他们会认为此时插手并不明智。

总之，无论西尔维娅和朱莉娅在情感上付出多大代价，重新跟一名新医生打交道，也会动摇她们现有的工作模式。正如她们所说，如今这位医生办公室里的那些人，已经跟她们建立起工作关系，不仅时常都有回应，回复时间也不会长到令人担忧。[1]但若换一名医生，一切关系都得重建。而且，我每次想终止跟父亲这名医生的合作关系时，她都会在那些危机之后，就父亲的情况非常体贴地给我发一份极其详尽的事后总结。有时，字里行间几乎还带着歉意。这至少会让我暂时相信，她会更仔细地照料父亲。

最后，就算我能找到一名好得多的医生，我也决定维持现状。相反，我要竭尽所能支持西尔维娅和朱莉娅勇敢对抗现有的医疗系统。即便面对目前这种令人不安的趋势，我们也可以期望现在这个官僚化严重、让人大失所望的医疗系统，有朝一日能变得更有效率，也更人性化一些。

在父亲生命的最后 12 个月里，我看着他逐渐陷入几乎完全被动的局面，尽管还是经常微笑，却完全变成了一个需要依赖别人的“孩子”。于是，我再次利用深夜时间，在他托付给我的那些箱子里浏览各种材料，以此寻找安慰，分散注意力。其中的一个纸箱保留了他从医多年来的信件副本和一些印刷品。我读到了一篇十分大胆的、批评精神病学教育现状的文章。父亲

---

① 父亲出院回家后，每周都会有一名访视护士来看他。每个月，放血师也会来两次，通过静脉切开的方式取走他的血样。显然，这一切都是父亲那位医生的办公室安排的。用朱莉娅的话来说，在这点上，她和西尔维娅的确从那名医生身上得到一些迟来的指导，帮助父亲从溃疡中恢复过来。

在约翰斯·霍普金斯医院跟随阿道夫·迈耶学习期间，就自己的观察写下了这篇文章。

那些文件让我大吃一惊。因为仅仅三年后，他评价迈耶本人教学的那封信[①]措辞就极为严厉。(更让我惊讶的是，同一个文件袋里，还有一张威风凛凛的迈耶肖像画。画上还有迈耶的亲笔题字“致我的朋友兼学生——哈里·考泽尔医生”。父亲非常珍视这幅画，不仅给它加了个漂亮的画框，还将它挂在办公室墙上，紧挨布洛伊勒医生亲笔签名的肖像画。)父亲的这番批评是以信件的方式呈现出来的。收信人是位名叫约翰·怀特霍恩的医生。1941 年夏，约翰医生获选接任迈耶诊所所长一职。如信中所示，此时迈耶正准备退休。

“亲爱的约翰，”信件开头这样写道，“我如约向您报告……您对医学院学生所受教育情况的关注，之前我并没有太多可以说的。现在，我将在不同的标题下，详细探讨这个问题。”

在第一个标题——“对迈耶医生所授课程的批评”下，父亲毫不客气地写道：“他过于强调自己的那套系统及其诸多细节。这就要求学生记忆大量他集成的各种概念和精神生物学方面的信息，从而失去对精神病学的总体把握……”早会上，无论提

---

① 父亲这封批评迈耶医生临床教学的信是 1941 年 8 月写给约翰·怀特霍恩医生的。后者于 1941 年接替迈耶医生，成为菲普斯诊所的所长。

到任何同时代医生的工作，他的评价都“有些贬损之意，称其贡献微乎其微”。对此，父亲辩称：后来，他的这种做法产生了一种“回飞镖”效应，“很多学生对精神分析和其他探索性概念越来越着迷”，结果“仓促之下，纷纷走入极端”，完全抛弃了迈耶医生的那些概念。

在“菲普斯诊所与约翰斯·霍普金斯医院其他部门关系”这一标题下，我父亲写道：“菲普斯诊所简直是心理学领域的西伯利亚，与精神病学部和医疗部几乎都没有交流。诊所有自己的内科医生，更加强了其孤立性，让其完全独立于医院其他部门。这种情况不仅是对医院的侮辱，对病人也是极不公平的。因为诊所提供的医疗咨询质量，远远比不上医院常规医疗科系提供的咨询。”

提到“普通病房”时，父亲说，因为缺乏适当监管，“我认为，病人并未享受到应得的彻底治疗”。

“事实上，没有一个高级职员会坐下来陪陪病人，也没有实习生花上一小时或半小时，耐心仔细地询问病人的情况。关键在于，实习生应该得到一些医生们亲自传授的临床教学……而非在早会上基于二手资料展开的讨论。他们自以为已从病人那儿获取了信息，于是，早会上的那些二手资料，都是以他们的这些描述为基础的。

“大多数训练都围绕早会展开。让一名实习生读完一份冗长的手写病例后，迈耶医生再给一些看似睿智的评论。有时，这些会议非常荒谬。众人围绕诊断结论争论不休，却只字不提任何具体的治疗方案……

“尽管支持旧体制的人会表示强烈的反对，”父亲继续写道，“事实上，实习生们却得不到任何处理诸如激烈谵妄或癫狂等重大问题的经验。”

父亲写到，给实习生指派任务时的组织不力，也导致病人无法得到彻底护理。

“刚进入诊所的一两周里，病人备受关注。接着，他引发的刺激便会逐渐消退，像块薄煎饼般被抛弃，因为实习生要么忙着应付其他新入院的病人，要么就被其他浪费时间的人或事分散了精力。因此，进入诊所后的第三周或第四周里，病人往往都会大失所望。在那之后，他们不仅很少见到那些实习生，即便见面，相处时间往往也十分短暂。”

在“实验室”这个标题下，父亲写道：“说实话，我对此没有任何评论。我不知道建这么多解剖实验室的意义何在，因为解剖不过是迈耶医生的个人嗜好而已。他虽强调解剖，却几乎不提生理学概念……”

在“精神神经机能病”这个标题下，父亲写道：“对精神神经机能病的治疗和指导，是诊所运作过程中最薄弱的环节之一。我曾建议迈耶医生，应该建立一个长期研究精神神经机能病治疗方法的专业科室，却无济于事。从这个方面来说，我认为，对美国精神病学应尽的职责，该诊所并未做到。”

如果找到某个一直沉浸在欧洲精神分析学派的“高贵难民”，那些无法接触到非迈耶指定岗位的实习生或许会在不久的将来，完全拒绝迈耶那些理念。

在最后一个名为“精神分析修订补遗”的标题下，父亲建议诊所或许可以期望，并由此防止这种情况的发生。

“在这儿（即波士顿），”他继续写道，“有个非常能干的研究员①，浑身似有令人难以置信的动力……”

他的经历包括“在弗洛伊德的门诊部担任多年管理者职位”。父亲极力推荐此人，说出他的名字后，又加上了这样的描述：尽管他坚信“正统”，“却并非如弗洛伊德医生般老派……反而一直警醒且好思，他那敏捷的思维是极具促进作用的……见见他，亲自评估一番，或许是个好主意”。

我想，收到父亲建议的那位医生，应该认真考虑过他说的

---

①　父亲在此推荐的这个人是爱德华·希奇曼医生。他从 1922 年起，负责管理弗洛伊德那间免费（或仅收取低廉就诊费）的精神分析诊所。1938 年，他为了躲避纳粹迫害，先逃到伦敦，后于 1940 年前往波士顿。

这些话，因为他在回信中亲切地表达了谢意，称“您的信写得非常周到，对我帮助很大”。我不知道这位新所长在制定新政策时，是否受到了父亲这些建议的影响，但我知道，父亲继续跟诊所的其他医生密切合作了很多年。

在另一堆更大、标注年代更晚的材料里（这堆材料上标注的日期是从20世纪60年代开始的），我又找到一个案例。在此期间，马萨诸塞州设在此处的心理健康部门开始将一些刑事罪犯送到父亲面前，请他评估。父亲接下这类任务，就意味着他甘愿承担也许会引起同事或顶头上司不悦的风险。这么多年过去了，直到现在，我才想起回顾这段插曲，似乎显得有些奇怪。因为这些文件即将展现的这个案例，不仅在当时引起了极大的社会反响，还在随后的好几年里继续分歧不断、备受争议。

这件案子始于1962年，经历了整整一年后，一直持续到1964年。其间，13名妇女被勒死在自己家中。她们不是住在波士顿，就是离波士顿不远。[①]其中几人还上了年纪，年龄最大的一人已经85岁。据媒体报道，她们的尸体“都被摆成了怪异又

① 起初，人们以为只有11名受害者，但据德·萨尔沃（犯罪嫌疑人）后来的招认，还有2名受害者。新闻记者格罗尔德·弗朗克在其《波士顿杀人王》（*The Boston Strangler*）（纽约：新美国文库，1966年）一书中，列出了13名受害妇女的姓名和年龄。其中5名年龄为19—23岁，另外8名都是55岁或年纪更大。

色情的姿势”[①]，“肿胀的脖子缠着又大又夸张的蝴蝶结”。警方相信，这一系列勒杀案都是一人所为，并立刻展开大规模搜捕。然而，直到1965年都没有任何嫌犯落网。

同年，父亲所在治疗评估中心附属的一家大型州立精神病院监狱分部里，一个病人对另一个病人说，他就是杀掉那些女人的凶手。不久之后，他又先后向自己的律师和州检察官供认不讳。然而，这个男人似乎有强烈的自夸倾向，即便知道坦白罪行的结果可能招致终身监禁或死刑（当时，马萨诸塞州依然没有废除死刑），也想无限夸大其自身的重要性。因此，他供词的可信度便蒙上了一层阴影。

和其他案件一样，在对被告精神状况有疑问的情况下，法庭便要求父亲帮助确定此人在精神上的行为能力是否足以受审。[②]随后，父亲便约谈了这名嫌疑犯。此人名叫艾伯特·H.德·萨尔沃，当过电工，也做过建筑工人。从他的档案来看，虽然有性侵记录，却无谋杀行为。

两人1965年3月14日、24日和29日的三次面谈共留下

---

① 媒体关于受害人尸体的描述，可参见洛蕾塔·麦克劳克林发表于1992年6月7日《波士顿环球报》的回忆文章。

② 父亲在1965年4月6日写给马萨诸塞州精神卫生专员的信中称：“依照最高法院尊敬的阿瑟·E.惠特莫尔法官吩咐”，已完成对艾伯特·H.德·萨尔沃精神状况的检查，随后即可提供面谈记录。

145页记录。面谈期间，还有一名精神病医生也在场，但自始至终，他似乎都很少参与进来。父亲在提交给国家精神卫生专员的一封信中称：德·萨尔沃（他称其为“病人”，而非“嫌疑犯”）虽然能“本能地回应”他的提问，却表现出“一种肤浅的情绪反应”。

在这些面谈中，父亲要求德·萨尔沃描述行凶过程。他的讲述虽充满了令人毛骨悚然的细节，却不带任何情感。而且，从他的用词似乎也可以看出：他认为勒颈致死不过是这些女人“遭遇”的不幸事件，而非他犯下的暴行。

比如，德·萨尔沃跟父亲提起一名被他杀害的女人时，只说了句“她就是被枕套闷死的那个”。父亲注意到，德·萨尔沃在这里提到枕套时，所指并不明确，用的是“它就在那儿”。但它是怎么跑那儿去的？

“‘就在那儿’是什么意思？”父亲问。

在这个问题的刺激下，德·萨尔沃才将自己加入叙述中去。“是我拿枕套闷死了她。”最后，他又加了一句：“还打了个结（即将枕套绕到她脖子上）。”

接着，提到另一名60多岁的被害女子时，他说：“她死了，头骨破碎而死。是被刺死的。”

“谁让她头骨破碎？”父亲问。

“我。”德·萨尔沃说。

提到一名死在床上的女人时，他的用词依然如故。他称自己“滑开锁”，进入卧室，“她正从床上爬起来……”“很奇怪……我也不知道怎么解释看到她时突然涌起的那种感觉……她转过身，下了床。然后，我能记得的，就是她躺在地板上……长筒袜绕在她的脖子上。”

父亲还是问，长筒袜是怎么跑到那儿去的。对此，德·萨尔沃的答复依然是：“我带过去的。”

有时候，德·萨尔沃告诉父亲，他不记得自己杀掉的那个人，也不记得自己是如何动的手，直到读到报上的相关报道，才会察觉到（用父亲的话来说）“他就是那个作案的人……”。正如父亲注意到的那样，他反复引用报纸上的描述，或许提出了一种微乎其微的可能性：在父亲看来，如此敏锐、聪明，又富有创造力的德·萨尔沃，很可能根据报纸详细描述的细节捏造出部分事实。不过，德·萨尔沃其他部分的陈述似乎又不会引起这种怀疑。

总之，德·萨尔沃若真是这一系列勒杀案的凶手，父亲也从这个男人对作案过程的描述中，察觉到“一种明显来自经验的不真实感”。父亲再次注意到，德·萨尔沃冷漠地提起受害者的同时，却传达出“一种非常高兴自己如今已经成为众人关注焦点的意味”。其他不合理的现象和“一种对至于自身的危险近乎麻木的反应”，更加重了父亲的这种印象，让他认为：这个男人不应该上庭受审。

“艾伯特 · H. 德 · 萨尔沃，”父亲写下他的结论，“可能患有心理疾病。”

根据马萨诸塞州的法律，此人“判断力存在重大缺陷”，“无法理解自身所处的环境”，没有能力“做出最有利于自己利益的决定……”。

然而，父亲的意见却被心理卫生院的其他人驳回。[①]他们虽然诊断德 · 萨尔沃为精神分裂症患者，却告诉法庭他并没疯，完全有分辨对错的能力。但父亲认为，这点无论是从法律角度还是精神病学角度来看，都是站不住脚的。

与此同时，媒体已经认定德 · 萨尔沃有罪，要求让其接受审判。最终，法庭决定德 · 萨尔沃可以受审[②]，但受审原因并非他犯下的 13 桩勒杀案，而是其之前所犯的那些罪行（我之前已经指出，这些罪行不足以判定其为杀人犯）。但父亲认为，将其

---

① 父亲并未像反对他的那些人一样收到做证邀请。

② 做出认为其有能力接受审判的决定后，听证会被安排在 1966 年 6 月，而法庭裁决则于 7 月宣布。1967 年 1 月 10 日，审前听证会上，再次提出其是否有能力接受审判的问题。但是，审判还是于第二天正式开始。(《波士顿环球报》，2013 年 7 月 13 日。)

送审的决定“完全不合逻辑”，“从本质上来讲就是自相矛盾的”，并且很可能受到政治考量的影响。[①]

然而，审判还是如期进行，结果也不难预测：暴露在媒体面前的法官不可能毫无偏颇。而且，不可思议的是，法官竟没有要求隔离陪审团。结果，德·萨尔沃各项罪名成立，并判终身监禁，将由医院转到一家不再为其提供精神治疗的州立监狱。

一年后，德·萨尔沃从监狱里给父亲写了封信。父亲从未公开过这封信，而是将其妥善保存在一个封好的信封里。信是手写在几张蓝条笔记本纸上的，落款日期为 1968 年 1 月 1 日。

“亲爱的考泽尔医生，”德·萨尔沃这样写道，“我努力想做自己认为正确的事，却徒劳无功。出于某种未知的理由，我发现自己依然在原地打转。我多次想起您，并无法理解，为何再也无法见到您（他指的是离开医院后的日子）。至少，您让我觉得，您对我感兴趣，是将我视为了一个人……对此，我想向您表达由衷的敬意。”

接着，他说他觉得我父亲“理解”他的感受。

---

① 据德·萨尔沃的律师李·贝利（后来，他也是帕特里夏·赫斯特的辩护律师）称，他与检方谈判后的结果也部分影响到了法庭的决定。后来，贝利对自己同意这个明显妥协的决定进行了一番错综复杂的解释。可参见李·贝利与哈维·阿伦森合著的《抗辩从未停止》（*The Defense Never Rests*）（纽约：斯坦戴出版社，1971 年），也可参见《时代周刊》，1969 年 1 月 27 日。

“我很想跟您单独聊聊，”他说，“把心里的话都说出来。我也不知道为什么，但我就是觉得，跟您在一起时我是那般自在……您不是医务主任，真是太遗憾了。”

德·萨尔沃留院观察期间，大部分时候跟他打交道的都是另一名医生。我父亲只是那名医生的下属。否则，“所有已经发生的事都有可能避免。如果您好好想想，就能明白我的意思”[①]。

再次说明这点后，他称自己目前“内心无法得到释放”。这个涉嫌勒死了13名妇女的男人非常礼貌地结束了这封信：“祝您健康。愿您新年快乐！”

最后，他在信纸底部密密麻麻地写了几句附言，称希望父亲记得几年前，他是自己“走进警察局”寻求医疗服务的。

“这点儿，”他说，“就是……我至今都无法理解的一点。”

5年后，德·萨尔沃在监狱里被另一名囚犯谋杀。没人再为那起勒杀案提出过审判要求。

存放德·萨尔沃信件的那个文件夹里，我又找到一份父亲写的备忘录。备忘录中，他再次对那些确诊德·萨尔沃患精神分裂症却并不疯狂、有能力分辨是非对错的医生提出异议。

---

① 德·萨尔沃在给父亲的信中称，如果能由父亲直接监管，“所有已经发生的事都有可能避免”。这句话着实令人费解。因为毫无疑问，他接受观察之前，就已经犯下那一系列勒杀案。德·萨尔沃信中还有很多使人困惑的地方，但他对父亲的感情却似乎是真挚的。

“鉴于情感缺失，”父亲写道，“以及他在描述自己罪行时那种虚幻的感觉，再加上他身上明显的女性意象[①]，完全可以用上‘精神分裂症’这个术语。但若从道德观念上来分析——判定其是好是坏、是对是错——具备此种特性的男人，是极难划分，且很难让人信服的一种人……

“德·萨尔沃没有分辨是非对错的能力。说到‘分辨能力’，应该是种比‘辨识能力’更具体的东西。这就好比通则——社会上总存在一套能为人们普遍接受的价值观。因此，‘分辨能力’是一种深入人本质的东西。只有借助这种能力，一个人才能抑制住会对他人造成重大伤害的行为。除此之外的所有能力，都是迟缓、无效的抽象概念。要想具备‘分辨能力’，就得先学会感受，否则这种能力也会变得毫无价值和意义。”

父亲无比自信地陈述这些理念，并越来越敏捷和精准地找到完全恰当的词语来表达自己的意思。因此，他在此期间写下的这些东西，无疑成了他职业生涯中最优秀的一批记录。诚然，当他与其他医生争论，以一种近乎对抗的方式表达异议时，除了自信，他也依旧固执。母亲过去常常担心，与那么多同事敌对会对他不利。

---

① 精神分析学专有术语，指男性的女性意向。——译者注

“然而，”她说，“这只是他个性的一部分。不用我说，与人为难的事，他母亲也做得出来。尽管说起他母亲的这种做法时他表示并不喜欢，但他其实比他以为的更像她。”

他偶尔会推翻某件他曾强烈支持的事，努力修正自己下过的定论。但对德·萨尔沃的法律裁决这个问题上，他的看法却从未改变过。[①]德·萨尔沃死在监狱里那会儿，父亲说：“他虽然很可能就是犯下那13桩勒杀案的凶手，但法庭即便要定他有罪，也应该以正在讨论的问题定罪——通过那些罪行为死者复仇。然而，他们却选择了如此迂回的复仇方式……

“总之，这个男人就不该被送审。”

收到德·萨尔沃那封信时，父亲61岁。之后，他为心理卫生院和国家司法机关工作到70岁，但他在精神病学领域的实践工作却持续到80多岁，并坚持记录。无论他的记录演变到多么混乱的局面，直到被送入疗养院之前，他都从未放弃过记录。

12年过去了。如今已是2008年，父亲也已102岁。纯粹从寿命来看，他已经快赶上我的母亲，但种种“迹象”已经清楚地显示出他的虚弱。我知道，他的生命即将走到尽头。

---

① 关于德·萨尔沃是否有罪这个问题，2013年，一项名为DNA（脱氧核糖核酸）“亲缘排查”的方法表明，德·萨尔沃的DNA与留在一名19岁被害女子身上的DNA样本相符。警方相信，这名女子是他最后的受害者。（《波士顿环球报》，2013年7月12日。）

第十二章

藏在记忆中的未来

此时，已到我不得不学会放弃抵抗、接受结局的时刻了。

8月的一天，父亲又病倒了，当时我正在芝加哥。朱莉娅告诉他的医生，父亲再次出现尿路感染症状时，医生说她会打电话给公寓对面的药房，开一张新的处方单。后来，朱莉娅告诉我，拿到药并按药瓶上的用量给父亲服下后，奇怪的是，她“突然觉得有些犹豫”。

“起初，我并不确定自己是在犹豫。后来，跟西尔维娅说起这事，并告诉了她药名后，她说大约一年前，医生给你父亲开过这种药，结果造成了严重的抗药反应。”

西尔维娅确信，他对那种药过敏。当时，西尔维娅把这件事告诉那名医生后，医生便已经指示她，以后不要再用那种药。

“我潜意识中一定对这件事还有些印象，但那时候，一切还是太晚了，我已经让他服了药。”

茱莉娅说，那天傍晚时，他觉得恶心，继而就开始呕吐。

“我没等医生回电话，立刻将他送去了医院。”

午夜后，我乘坐的航班才抵达波士顿。因为忘了在飞机着陆后打开手机，所以直到走进家门（我家在波士顿以北大约一小时车程的地方），我才在答录机上听到朱莉娅的留言。她在留言中留下了医院里一名医生的名字和呼机号码。

那名医生很快便有了回复。他再三向我保证，尽管父亲刚刚入院时脉搏“很弱”，但现在已经“非常规律”，体温也很正常。医生说，虽然他的血压还很高，但也已稳定下来。

“我确信，他今晚就会没事的。我要是你，就先睡上一觉。明天下午，我们会告诉你一些检查结果的。”

朱莉娅一直在医院陪着父亲。我给她打电话时，她的口气听起来也比之前留言时放松了很多。

“都这么晚了，我觉得你还是别再开车赶回波士顿。先睡一会儿吧。他的情况要是有任何变化，我会叫醒你的。”

朱莉娅言语中的宽慰之意让我暂时放下心来。但与此同时，我又有种预感：第二天得到的消息不会太乐观。

早上，父亲的情况还很稳定。但刚到下午，我便得知他的情况在迅速恶化。此刻，医生们才确定，救护车将他送往医院前，他曾经出现过心搏停止现象。

“心搏停止曾导致血液和氧气供应骤停，”一名高级住院医生对我说，“这引起了神经损伤。有些损伤立刻就表现了出来，有些则延迟了。”

他用了一个父亲谈起脑损伤时经常用的术语，“我们知道，他的大脑已经因为阿尔茨海默病严重受损。此刻，他又遭到一次伤害。他要是今天不再出现心搏停止现象，神经科团队明天就替他做一次评估脑干功能的检查。”

他说：“最坏的情况，就是大脑负责呼吸的区域失去作用。这是大脑最后放弃的一项功能。但愿我能告诉你……”

但我打断了他，转而询问父亲还能活多久，我应该在当天晚上还是第二天早晨撤掉他的人工呼吸机。

“等我们开始吗啡注射之后吧。鉴于他的情况，应该就是几个小时后的事。”

我告诉他，我会在傍晚之前赶到医院。

效率是一剂方便有效的麻醉剂。花了些时间，我整理出一份需要通知的名单。我把名单交给助手，然后告诉她可以开始着手“安排”了。其实，这件事根本不必由我吩咐，因为她早已准备好一切，但我还是自己又整理了一遍。我尝试着联系姐姐，给她打了几个电话，又在她的手机上留了一条言。她经常出门，所以我想她估计是又不在家。我把几个侄女的电话号码也给了助手，没准儿她们能在傍晚前联系到我姐姐。但事实上，直到那天深夜或第二天清晨，姐姐才得到消息。

接着，我又做了一份清单：父亲出版过的文章；他从医生涯中值得纪念的日子和里程碑事件；他开始在麻省总医院和波士顿精神病医院学习，接着开始在神经病学领域实习的年份……我着魔般地整理着这份清单。如今，我才开始纳闷儿，当时为什么要在这种事上浪费时间，而非立刻跳上车直奔医院？尽管我已经非常确定父亲的生命即将走到尽头，但保持那般忙碌，或许依然能给我一种一切如故的假象。

也许，我害怕如果整个下午都坐在他床边，想象（我肯定会忍不住这么做）他还会给我回应或我还能期待一些其他迹象，表明他依然还有活力和恢复的可能，我一定会动摇已经下定的决心。因此，在准备好接受父亲的死亡之前，我不想踏进医院。

我走进病房时，西尔维娅正坐在父亲床边。前一晚睡眠不足的朱莉娅，终于在西尔维娅到来后回家休息了。在捍卫父亲生命这方面，只要还能在他身上感受到下列任何令她满意的迹象，西尔维娅就始终都是最骁勇而坚定的战士：好胃口、一星半点幽默的火花、非常精神地反抗她下达的命令，或只是露出一个讨人欢喜的笑容（有时，我甚至觉得，她如此忠诚地照顾他，想要的回报不过是这样一个笑容而已）。然而，此时此刻，只要看一眼西尔维娅的眼睛，一切便已明了。

她眼中写着：接受现实。

医生告诉我，父亲的肾脏已经罢工。

“身体其他大部分器官也已罢工；凝血功能失效。”

医生还说，他的大脑目前已处于“昏迷”状态。

我签署了递到我手中的放弃抢救书。此刻，它已经毫无意义。静脉注射管插上了父亲的手腕。他的脸一片苍白，双目紧闭。我弯腰吻他的脸颊时，他也一动未动。

7点后不久，医生开始给他注射吗啡，并在接下来的一个半小时里逐渐加大了剂量。我没叫西尔维娅离开。8点45分左右，医生返回病房，又增加了一点儿吗啡剂量。西尔维娅离开床边，站到窗下。

从那一刻起直到父亲去世，我都一直把耳朵贴在他胸膛上，倾听他节奏和间隔时间都越来越长的呼吸声。差4分钟到9点时，他的呼吸停止了。医生再次进入病房，拿出听诊器，听了听父亲的心跳。等他抬头看向我时，已经什么都不需要说了。

我离开病房后不久，父亲的那名医生出现在走廊里。她与我和西尔维娅一起进入走廊尽头一个类似客厅的房间。虽然西尔维娅和我都没提她开的药让父亲经受了那番不良反应的事，她却自己说起了这个话题。

“我完全不记得你父亲对那种药过敏……”她说。

我记得，当时自己想的是：难道医生在开处方单前不先看看病人的病历吗？但我压根儿没心情追究此事。

片刻后，我踏出房间，来到走廊。一名护士站在那儿，等着跟我确认该如何处置父亲的遗体。父亲大约三年前入院治疗时，在他病床前跟我建立起深厚友谊的那名年轻医生从门口冲了过来。她二话没说，就先伸出双臂，紧紧地搂住了我。她说她正在另一层楼值班，但听说了我父亲刚刚去世的消息——我并未问她是如何得知的。这位善良、美好，其母亲和祖母也都从医的医生握着我的手，陪我走到电梯间。电梯上来后，她紧紧地捏着我的手指，保证第二天早上会给我打电话。

我下电梯到大厅，穿过车库，我似乎找不到自己把车停在哪儿了。接着，我绕过其中一根水泥柱，转到上一层，终于找到车。可以说，那是我找车找得最久的一次。我钻进车里坐了一会儿，才发动引擎。我不知道自己为何哭不出来。

父亲去世前大约10年，即他还在疗养院时，曾写下这样一张备忘录：“除了对穿透性研究的普遍嘲笑，我们还期待更多其他描述。建议：有一部分未来藏在我们的记忆中。我们虽然好奇，但我们的病人或许能在回顾中受益……等我再次回顾这个半球的信息时，我希望能了解你更多。”

在第二张备忘录里，他这样写道：“最近，我遇到一个口碑很好的医生。这些材料应该对学生们的帮助很大——统计和确定最有用的评论，会对他们帮助很大。我估计很快就会开始研究这些最重要的记忆存储区。”

自从父亲去世后，我找机会想了很多关于记忆真实性的问题。近年来获得了重大突破的神经科学告诉我们：我们有理由怀疑某样曾经认为自己一定记得的东西。显然，这已经不是一个全新的概念。20世纪早期精神分析学派的众多学者中，弗洛伊德就已经发现：潜意识的力量能扭曲记忆。这种扭曲或许能帮助我们压制过去事件带来的痛苦，并为之后会经历的苦难创造出某种令人信服、实则虚假的解释。然而，近代神经科学明显通过质疑“记忆是与很多固定实体一样的存在”，大大推进了弗洛伊德的这些理念。从某种程度上来说，“记忆”显然“存贮”在大脑的某些区域。我们回忆某事时，需要面对的唯一挑战就是如从银行账户中取款一般，从大脑的那些区域中将记忆提取出来。

今天的神经科学家们却认为，我们的记忆中没有这样一个类似银行账户或储物箱的东西等着我们从中提取记忆（或者，也可以将这个动作形容为“伸手将记忆从中拉出来”）。相反，

“记忆”本身这个行为，却是存在的。在这种行为中，神经元之间的电化学活性能实现“大脑重建部分记忆”这一目的。被重建的这部分记忆虽然并不能时常起效，但偶尔还是可能精确反映以往的某段经历。

“记忆并非对过去经历的简单复制。”哈佛大学心理学系系主任、在记忆学研究领域备受尊敬的学者丹尼尔·沙克特这样写道，“相反，记忆是来自各种信息来源的零碎信息重新组合、形成某种新实体的结果。”

据他观察，这种重建行为①或许会受到诸多扭曲因素的影响。例如，对如今的我们来说，某段本应手到擒来的回忆，却可能一时半会儿怎么也想不起来；或者某段我们认为自己一定

---

① 对于记忆的这种重建行为，沙克特给出了以下描述：“人们都往往认为，记忆就如家庭相册里的快照，如果保存得当，就可以完全按被存储时的样子重新检索。但如今我们已经知晓，我们并不能像相机一般保存过往的经历。我们的记忆，是以另一种完全不同的方式起效的——我们会提取出那些经历中的关键要素加以保存，然后对其进行再创造，或重建，而非简单复制。有时，我们会在重建过程中加入感情、信念，甚至在那之后得到的某些认知。换句话说，我们会用那段经历发生之后才获取的情感或认知，使其发生一定的偏差。”参见《记忆的七宗罪：大脑如何遗忘与回忆》（*The Seven Sins of Memory: How the Mind Forgets and Remembers*），丹尼尔·沙克特（纽约：霍顿米夫林哈考特出版社，2001 年）和丹尼尔·沙克特与唐娜·罗丝·阿迪斯合著的《建构记忆的认知神经科学》（*The Cognitive Neuroscience of Constructive Memory*）一文，该文发表在《皇家学会哲学汇刊：生物科学刊》（*Philosophical Transactions of the Royal Society: Biological Sciences*）2007 年 5 月期上。

记得的对话，却突然忘得一干二净。用沙克特的话来说，这样的结果和记忆犯下的其他罪行，也许会扭曲我们“对某个具体事件的看法”，或从实际上延伸我们对那段经历的记忆。

大多数人在回忆我们所爱之人时，往往都会很自然地对那段记忆确信不疑。然而，在回忆过程中，我们的重构行为显然已经部分改变了那段记忆。尽管如此，这一令人赞赏的论证或许依然会让我更加勤奋地重新审视我对父亲一生的某些记忆，尤其是那些基于他的传达和母亲回顾的记忆。

幸运的是，我和他们拥有的很多记忆都有大量文件可以印证。除了父亲送到我家中保存的那些文件，我也在他们的公寓里发现了很多他还没时间加以整理的文件。

最近，我在最令人愉快的那些文件中，发现了一封维多利亚·卓别林之女、尤金·奥尼尔曾孙女——奥雷利娅·蒂埃雷——写来的信。当时，她住在纽约，即将迎来一段辉煌的舞台生涯。据信中所写，她即将与电影导演米洛斯·福曼合作。但与此同时，她也在哈莱姆附近的一个社区，以志愿者的身份照顾孩子们。她谈起教导孩子们给她带来的快乐，但也提到了因自己几乎无力改变他们的生活条件而产生的“无用感”和“挫败感”。

如今我才发现，奥雷利娅与我的父母并非点头之交。父母在波士顿招待维多利亚那段时间里，她便常常陪伴母亲前来。

她这样写道："曾经共进晚餐那些时光[①]，是我最快乐而有趣的记忆。从您那儿得到的关于我曾祖父的消息，对我来说真是意义非凡的无价之宝。真是非常感谢您！"

有时，我曾怀疑父母与卓别林一家及其子女的亲密友谊，是否只是我母亲对其回忆的一种夸张说法。如今，奥雷利娅这封漂亮的手写信让我愉快地发现：尽管多年前，母亲就开始用幻想自娱自乐，但她告诉朱莉娅的很多关于她跟奥雷利娅家如何亲密的故事，却并非某种掺杂了幻想因素的甜蜜混合物。

乌纳寄来的信我也读过几封。丈夫去世后，冲动之下，她曾饱含深情地写过很多信。不过，那些信通常都是快乐的，写满了跟她孩子有关的事。要是我还对母亲的记忆有所怀疑，这些信也能起到同样的反驳效果。（"杰拉尔丁刚刚生了个男孩，"她在1974年的一封信中这样写道，"正欢喜得仿佛站在世界之巅……家里的其他人都远离牢狱，所以生活真是非常美

① 维多利亚之女——奥雷利娅——对陪伴其母、跟我父母共进晚餐的这段回忆，我父亲也在1990年6月21日的一则备忘录中做了相关记录。他说，那天晚上，他见到了维多利亚。"随后，他又在幻想马戏团的美国剧目剧团中，见到了她的丈夫、女儿和儿子。跟乌纳进行了一番长谈后……"那时候，奥雷利娅早已凭借自己的本事成为一位卓越的明星，经常到全球各地巡演。由奥雷利娅和维多利亚基于视觉幻象创作、充满原始美感的独角戏，显然充满令人惊叹的视觉享受。也可参见第九章相关注释。

妙……”）

父亲诊治过的一些病人家属也会写信来，那些信也是另一种形式的肯定，或者强调。例如，我还记得他检查病人和处理复杂家庭关系的方法；而且，我偶尔也会碰到一两个曾接受过父亲治疗的人。

父亲去世后两个月，我到宾夕法尼亚一所大学给本科生做演讲。发言接近尾声时，一名50出头（也有可能年纪更大些）的女士完成了自我介绍后，告诉我她的工作就是帮助问题儿童和残疾儿童。

她说：“我认识您父亲，我在少女时代曾接受过他的治疗。希望有朝一日能跟您谈谈。我很愿意与您分享我的那段回忆。”

我们很快便开始通信。父亲替她治疗的事，让我想起了父亲处理过的其他几桩病例。在那些病例里，她并非其家中唯一一个接受过父亲治疗的人。

“你瞧，”她说，“认识你父亲之前，他已经帮助我父亲挺过了严重的抑郁症。而且，当时他还要开导我那因父亲生病而压力倍增的母亲。因此，他会同时约见他们两个人，一边帮助父亲从抑郁症中走出来，一边给予母亲情感支持，让她在应付父亲的过程中保持平稳的心态。”

她说，她父亲曾是个很有活力的人，却在将近50岁时，因为某个骨科上的问题暂时失去了行走能力。一位骨科专家把这件事处理得极其糟糕。他告诉我父亲，情况很可能无法逆转，他估计很快就离不开轮椅了。

“他就是在那时候患上了严重的抑郁症。无法继续工作后不久，他也几乎拒绝了一切户外活动，直到他（或母亲）想到联系你父亲为止。你父亲是他大学时的一个朋友……

“我不知道你父亲具体做了什么，但我母亲说，那位骨科专家的行为让他非常气愤。我想，他带着我父亲去见了另一名医生，另一名他信任的专家。但他给予我父亲的治疗都是精神病学领域的治疗。最后，他十分成功地帮助他摆脱了抑郁症。第二年，我父亲就又能正常行走了。谢天谢地，压根儿没有离不开轮椅那回事儿！”

她说，大约 10 年后，她遇到了自己的人生危机。

“当时，18 岁的我很想离开大学。虽然这种想法在那时候并不罕见，但在我的成长经历中，‘乖乖女’是不会那么做的。而我向来都是个‘乖乖女’，一直努力满足父母的所有期望。可突然之间，我意识到自己并没有准备好上大学。我不想进入那个环境，我惊慌失措，无比焦虑，担心父母对此会有何反应……

“告诉校方我想休学一年后，他们说如果我还想回来，就得开具一张病假条。他们先让我去看学校里的精神病医生。我想，学校留着这么一个医生，就是为了处理像我这样的问题学生吧。我讨厌那个医生，完全拒绝跟他说话。

“最终，我只得给父母打电话。父亲说，‘我有个朋友在波士顿……’于是，他把我带到了你父亲跟前。我非常肯定，我父亲是希望他能让我冷静下来，帮助我重建信心，并把我送回大学的。我之所以喜欢你父亲就是因为：他说，我想休学一年是完全有道理的，因为我压根儿不知道自己为什么要去那儿！他说我的选择并没有错，我根本不必害怕会由此引发什么可怕的后果。他说，我一旦有机会多积累一些生活经历，比如找一份有趣的工作、到国外或国内其他地方开阔一下眼界，或轻松愉快地‘四处转转’，别老觉得头顶悬着一把剑，等我真的准备好返回学校时就一定能知道。他还说，他完全可以预料，不管学校放出多少吓人的言论，他们多半也会非常乐意接受我的回归。

“事实就是，他一直都在给予我力量。严重警告和发号施令对我都毫无意义，他从未让我觉得自己只能无助地依赖他人，反而让我更充分地认识自己，以便长成一个强大的、有判断力的年轻女性。他给我讲述每件事时，自始至终都带着一种朋友般的亲切。而我终于下定决心时，他也非常努力地为我争取……

“与此同时，他也理解我有多爱我父亲，知道我并不想伤害他。这件事他处理得非常谨慎！我的意思是说，他能充分理解我经历的痛苦、做出的决定，以及这一切暴露在我父亲面前后或许会引起怎样的非难。他制订的最终方案，对我和我父亲来说都是最佳选择。我觉得自己真是非常幸运。自那以后，我跟父亲的关系甚至变得更加亲密了。”

最后，她告诉我：“我觉得终于准备好后才回到学校。”

她继续学习法律，接着逐渐对青少年和儿童面临的问题产生兴趣。拥有了一段幸福的婚姻和几个属于自己的孩子后，她转而发展起一项新的事业，成为一名特殊教育[①]倡导者。她说，她在这份工作中获得了巨大的成就感。

“你父亲身上那种十分罕见的能力，让我印象最为深刻。这种能力让他超越了与我家人的友谊，坚定不移地支持我彻底认清自我，找到能带给我安全感和完整感的一切。一方面，作为我的精神病医生，他能与病人保持必要的专业距离；另一方面，他又是个值得信赖的朋友。一个人能同时扮演好这两种角色，真是非常难得。在工作中，我与孩子及其父母打交道时，一直都努力将你父亲的做法作为范本，牢记在心。直到今天，我都非常感谢他给予我的这份珍贵礼物。”

和这位女士通了一段时间信后，我对她的了解更加深了几

① 为有身体障碍或学习障碍的儿童而设。——译者注

分。感恩节时，她带着她母亲来到波士顿，邀请我跟她们共度佳节。她母亲已经 85 岁，却仍清楚地记得那个断言她丈夫再也无法行走的骨科医生，让我父亲多么生气；她也记得几年后，她陪丈夫和我父亲在他家附近钓鱼，我父亲拉起一条小狗鱼时的那股兴奋劲儿。这又让我想起那个钓具箱和那两根带卷轴的鱼竿，至今仍放在我的车库里……

我们应该明智地认识到：尽管记忆可能经常误导我们，但那些留存在那么多不同的人，以及父亲众多笔记和文件中的记忆，却是相辅相成、彼此促进的。不管怎样，父亲留下了如此多的资料——即便现在，我浏览完的包裹和文件盒也没到一半；而仔细研究过的文件，更是只有一小部分而已。我还有机会将剩下的那些东西看完吗？我怀疑，他要是还活着，说不定会建议我将它们留给年青一代中的某个人。也许可以给一位医学历史学家，或者一名现代神经科学领域的档案保管员。说不定，这个人正在研究该学科在我父亲那个时代的发展情况，没准儿能从他留下的那些资料中发现什么有价值的东西。

我想，父亲极有可能对我说：这些旧物大部分记录的都是过去那个世纪中某人的生活，我不应该再抱着它们不放。

“现在，继续你自己的工作吧。相比了解另一个人的人生，你有更好的事情可做。”

这才像他可能对我说的话。或者，他也可能对某个病人说出这番话。这个病人或许正无比沮丧，却仍费尽心力，想要回忆起所爱之人早已逝去的点点滴滴。

每次走上阁楼看到存放在那儿的资料，我都依然有种强烈的冲动，想再打开一堆文件夹，看看里面或许会有什么。不久前，我翻出一张父亲在哈佛大学读大一时的成绩单。他英语和哲学分数很高，历史却只得了个C。但让我吃惊的是，他第一学期的心理学成绩竟然只有D；不过，第二学期，他就想方设法地将这门成绩提高到了A。这是张1924年春的成绩单。我不知道自己为何对这些无关紧要的细节如此感兴趣，或许是因为，我还没做好就此结束的准备吧。

尾声

2015年

我从2008年9月（即父亲去世后一个月）开始撰写这部回忆录，整整写了两个季度，直到2009年夏天才正式完稿。

那时候，我把稿子放到一边，开始继续我大部分职业生涯中所做的那些事：拜访公立学校、采访教师、在大学做演讲和写关于城市贫民区孩子们的作品。我用这种忙碌的生活慢慢消除内心的悲伤。很久之后，我才做好准备，再次翻开这部手稿。

如今，再读这个关于我父母的故事，并在他们去世后以我的这种方式缅怀他们，我并没有太多需要修改的地方。但过了这么长一段时间，我还是可以再补充几件重要的事。

在如此短的时间内相继失去父母，加上对父亲最后一年的状况念念不忘，我真是没办法在那般紧张的情况下鼓起勇气再多说些什么。我曾经提过，有时我会无意中伤害到父亲，他偶尔也会让我难过，但我并不想对此多说什么——我甚至不愿再想起那样的时刻。

事实上，我俩之间的紧张气氛，并非每次都如我暗示的那般微小或容易消散。我们也存在分歧——大部分都跟我的职业生涯有关——在某些场合，这种分歧几乎还会转化为对抗。每当此时，他那一向颐指气使、发号施令的架势，都能多多少少把我打压下去。

从我早期对父亲影响别人生活的观察来看，我肯定他对我思想状态的影响也是巨大的。例如，我记得八九岁的时候，有一次，他带我去麻省总医院旁观他的同事为他的一名病人做神经外科手术。我记得，当时我就跟他站在作业区上方某个类似阳台的地方，那名医生一边替病人切除脑瘤，一边跟我父亲交流。

父亲和那名医生用微型麦克风交流（我们站的地方与手术台隔着一道玻璃墙）。父亲提供给那名医生的判断和指导，似乎从某种程度上决定了他的病人是否能完好无损地挺过整台手术。我想，这一过程不仅让我如所有小孩那样，觉得神经外科这个领域充满魅力，更给我留下了深刻而持久的印象，让我为父亲的直觉、那名病人的脑电波，还有我们下方那些戴着白手套、行动起来谨慎又果断的手指惊叹不已。我想，应该只有上帝一般的人，才能拥有这种力量。

我不知道父亲是否能猜到这件事对我产生了多么大的影响，但我知道，这件事和之后数年里其他类似的经历，让我对父亲产生了一种崇敬感，使我在进入少年，乃至大学时，比其他孩子更渴望得到他的认可。但我很快便发现，要得到他的赞赏可不是一件容易的事。

例如，大一下学期，哈佛大学按成绩为所有学生排名。[①]我的室友在班里名列前茅；我的成绩虽然也不错，排名还是要比他低一些。父亲对此做出的评价或许在其他人看来不过一句玩笑话，我却不那么认为。事实上，我很努力地想要忘记那句话，因为我从中明确地感受到了他的失望。和很多哈佛学生一样，我在中学时也是班上的第一名。父亲希望进入大学后，我也能继续保持这个势头。他责骂过很多对孩子抱有不切实际和不健康期望的家长，却无法控制打着为我好的旗号，强迫我勇于竞争，这一点着实令人费解。

大三时，我开始了追随在诗人阿奇博尔德·麦克利什身边学习的两年时光。我很感谢麦克利什。我拙劣地以“小说”的形式，写了篇讲述一个雄心勃勃的父亲如何对自己儿子期望过高的故事。看过这篇习作后，麦克利什对我说，我应该“放轻

---

① 据哈佛大学档案馆称，这项传统从19世纪初期开始，一直延续到20世纪60年代的某个时候才结束。

松”，允许自己在大学时找点儿乐子。从那以后，我才开始在大多数情况下不再受父亲压力的影响。我们班有两名拉德克利夫学院的学生，发现我对其中一名学生着了迷后，麦克利什甚至还鼓励我勇敢去追。

不过，我依然努力学习。大三的春季学期，我便提前一年成为班里加入美国大学优等生荣誉学会的8名代表之一。指引我们加入学会的一次晚宴上，按要求我们得选出一名代表，在一年后的毕业典礼上担任我们班的“第一司礼官”①。我有个叫贾里德·戴蒙德的朋友当时就坐在我旁边。我们从中学起就是朋友。我觉得，贾里德是我迄今为止认识的男孩中最聪明的一个。他个性谦逊、讨人喜欢，还很有幽默感。我认为，这个代表应该由他来当。

我也邀请了父亲来参加这个晚宴。看到我提名贾里德后，他显得非常失望。我已经忘了最终当选“第一司礼官”的是贾里德，还是团队中的其他人，但我清楚地记得，父亲非常不高兴。晚宴后，我送他到车边时，他对我说：“无论如何，要是当选的人是你，我会感到很骄傲的。”我记得，当时我就陪他站在

---

① 我已经不记得毕业典礼上，“第一司礼官”需要在哪些环节引领队伍。如今，据哈佛大学优等生荣誉学会秘书称，“第一司礼官”只会在毕业典礼前几天的文学活动上引领队伍。

奥本山大街的一个拐角处。那离哈佛广场只有一个街区。他打开车门时，依旧一副闷闷不乐的样子。看着他开车离开，我真后悔邀请他前来。

父亲寄托在我身上的雄心壮志虽然消减了几分，但这种消减也只持续了很短一段时间。大四时，我获得牛津大学的罗德奖学金。（我一直坚信，我之所以能被选中，都要仰赖麦克利什有力而慷慨的支持。）结果，牛津大学的课程设置让我觉得很无聊。分派给我的那名导师告诉我，她不允许学生将精力集中在现代英国作家身上，更是让我大失所望。因为如此一来，我想写关于还在世的诗人威斯坦·休·奥登和爱尔兰诗人威廉·巴特勒·叶芝的论文的愿望，无疑就落空了。然后，无论本科生圈子，还是研究生圈子，阶级意识都比在哈佛大学强烈得多。逐渐体会到的这种感觉，也让我极不舒服。

我趁寒假去了趟巴黎，在那遇到几位较年长的作家。于是，我决定留在那里。当时，威廉·斯蒂伦和他的朋友——同为小说家的詹姆斯·琼斯——也在巴黎。我把自己的作品给这几位新导师看，并在他们的帮助下，将其中的一则故事卖给了一家欧洲杂志。此类微薄的收入和我那年秋天出版的一本少年读物的版税收入，勉强让我养活了自己。

麦克利什虽然帮助我取得了前往牛津的奖学金，但听说我决定放弃在那儿的学业后，并没有丝毫不悦；相反，父亲却说我“大错特错”。他写了几封十分可怕的警告信，说他希望我能立刻返回英国，在“发现一切都太晚之前”，靠奖学金继续学业。

对于我的同龄人，他给出的是鼓励，告诉他们不要害怕中断学业、尽可能去外面的世界闯一闯、四处看一看。他捍卫他们渴望独立的需求，毫不畏惧可能引起的后果，正如他对我之前提到的那位病人所做的一样。然而，无论那些人会如何，他的这套做法显然都并不适用于自己的儿子。在一封表示反驳的回信中，我提到了他当年放弃哈佛法学院，给自己时间徘徊，寻找未来方向的事。而且，他不仅在成为医生前做过类似决定，成为医生后也依然如此。他在回信中说，我用他之前的经历表示反抗虽然“很有趣”，但并不能“让他买账”。

“我不是个获得罗德奖学金的学者，”他直截了当地表示，“你我的情况完全不能相提并论。我认为，你根本不知道自己正在承担什么样的风险。”

他说，我的决定让他“相当烦恼”。

返回波士顿后，我告诉他我打算回哈佛大学，继续在之前那些老师的指导下攻读博士学位。这让他大大地松了口气。然而，局势随着民权运动的高涨越来越混乱之际，我又突然改变主意，决定到罗克斯伯里黑人社区的一所小学任教，这又让父亲重新焦虑起来。他虽然没有公开表示反对，却告诉母亲，我这个看似并未经过深思熟虑的突然决定让他很担心。

当他越来越明显地意识到，这个被他视为一时冲动的临时决定，竟成为我最终选定的事业时，他才开始重新考虑是否还要继续反对我。又过了几年后，当他发现对我来说，这个选择不仅并非临时性的，还将我引回写作之路，并最终出版了一本书时（书中写的是我正在教的那些孩子们；他非常喜欢那本书），他似乎才终于不那么担心我了。

幸运的是，父亲十分推崇的一位社会评论家兼心理医生——罗伯特·科尔斯——在纽约《时代周刊》上替这本书写了篇非常棒的评论。父亲告诉我，这让他"备感欣慰"。第二年春天，我荣获国家图书奖后，他带我去哈佛俱乐部共进晚餐。在那场只有我们父子的晚餐上，他不仅说"总而言之"，他"非常高兴"，甚至还做出让步，说：如今他终于相信，对我当初想当老师的做法持保留意见，是个错误的决定。

然而，我还是忘不了我第一次冒险进入罗克斯伯里时，他那抹冷酷又不祥的眼神。尽管他忍着没对我说，只是告诉我母亲，他担心我会"忍受不了"，后悔做出这样的决定。那一年，几乎每次谈话，我都能从他声音里听出那种警告之意，并让我挥之不去。

直到5年后，即20世纪70年代，我发现自己依然没有完全摆脱父亲的掌控。此时，我投身其中的民权运动开始瓦解。因为该运动里那些最活跃的领导人要么死于暗杀，要么因年迈而精力大减，而剩下的人则成了自我毁灭的个人行为的受害者。当我看到越来越多熟识的活动家和较年轻的领袖们，尤其是那些动机早已深植于其意识形态的人，竟然放弃从大学时代就选定的理念，让我表现出些许不安。父亲不仅用身为临床医生的敏锐读懂了我的心思，还察觉到了我的这种不安。

我自己的信念依然未变。我投身民权运动，并非出于意识形态的原因，而是觉得要是退出竞争行列，我或许就逃避掉了当时我们那辈人应该承担的某种义务。从教育孩子中得到的直观体验，以及眼看着他们的生活环境越来越贫困，都加深了我这种感觉。因此，迅速变化的思想环境和左翼团体的分裂，几乎没对我正在从事的工作或写作的书产生任何影响。然而，越来越明显的是：我在大学遇到的很多学生，都在迅速失去积极的心态，而部分原因是没有更多能继续维持和调动其理想主义精神的运动。他们似乎找不到能对其信念有用的具体措施。紧迫感和热情的丧失，势必会让他们勇于拼搏的劲头大减。

接下来的一两年里，父亲发现，周遭环境的变化不仅让我产生了“些许不安”，还令我无法，或不愿再适应这些政治现实。我想，他终于决定是时候点醒我了。于是，一天晚上，我俩坐下后，他立刻直奔主题。

“过去这几年里，我一直都在观察你，”他说，“你要是想知道我在想什么，我一定全都告诉你。我是这么想的：你依然觉得自己是个受过哈佛教育、随和版的切·格瓦拉[①]。但你那些穿蓝色牛仔裤的士兵却已经返回商学院。他们早已满脑子的工资和抵押贷款，哪儿还有革命的影子……我想，我是你父亲，比你自己更了解你。刚刚对你说的这番话，希望你能好好想一想。”

至少，他的用词——穿蓝色牛仔裤的士兵——吓了我一大跳。用当时的标准来看，我绝对算不上什么革命者。20世纪60年代末以来，我认识的几位活动家对一些极其不理性的暴力活动产生了兴趣，这多半让父亲更加忧心忡忡。一个名叫“地下气象站”的恐怖组织开始受到媒体的广泛关注。身为一名精神病学家，父亲相信，他们是群完全生活在幻想世界的人，“能为了自己笃信的目标，完全漠视他们造成的伤害。”

他说，我公开质疑该组织和其他类似组织后，他才终于放下心来。但我觉得，尽管如此，他依旧忧心忡忡。他虽然不担心我被卷入什么极具破坏性或不理性的活动，却担心我的文章

① 阿根廷裔古巴马克思主义革命领导人，曾是卡斯特罗的战斗伙伴。被西方媒体誉为“红色罗宾汉”。——译者注

煽动性太强。他认为，从某种程度上来说，这会导致我被边缘化，结果不仅有损我潜在的影响力，还可能危及我靠作家这一职业谋生的能力。

我想，父亲要是没那么了解身处动荡中的人通常都会有何种行为，以及这些行为将如何加剧其生活的不稳定性，我或许还能像以前一样，更容易抚平他的焦虑。然而，这一次，我知道父亲是对的。在随后的几年中，我发现自己真的很感谢他那条醍醐灌顶的好建议。我想，那条建议让我更真实地理解了自己的处境。

20 世纪 80 年代早期，先是罗纳德·里根当选了总统；接着，尼克松当政时期，政治格局又在复仇派（该派不仅包括极端保守主义者，也有部分极其聪明又无比刻薄的前激进分子和自由主义者。后两种人似乎已对自己之前的理念心存恐惧，并十分蔑视那些依然坚持这些理念的人）。政策中发生了改变。也就是在这时，我经历了第二次自省危机，并再次跟父亲谈起此事。不过，这次主动挑起话题的人换成了我。

1983 年的某天，我跟我的文稿经纪人提起一个写作方案，并向其描述了我开始写作的这本书。该书围绕我在贫困社区见过的那些成年人展开。他们大多是文盲，无法在自己的孩子上幼儿园或进入公立学校前为他们提供学前教育。于是，我开始跟某些文化团体合作，并撰写了一份类似作战计划的预备文案，打算在此基础上开创一系列能同时教育这些家长及其子女的项目。后来，该计划被加利福尼亚州图书馆系统吸纳。因此，我计划写作的这本书将以这项事业为基础，但其间的阐述会深入很多。①

然而，他发现该计划主要是在内城贫民区展开，所以认为我的写作也将继续探讨种族，以及社会体系不公平性带来的影响。因此，他认为出版商对此不会有太大兴趣。

“时代已经变了。对这类书感兴趣的读者正在迅速消失。我要是你，就往前看，努力想点儿新东西出来。”

他的意见让我无比震惊。但他那句“时代已经变了”却让我心存恐惧，担心他或许比我更了解市场前景。这大大动摇了我的信心，让我不由得开始担心，自己已经出版的那些书会不会就此退出市场，沦为仓库里的滞销品。

此时此刻，我很多看透了政治动向的左派朋友都开始想方设法保住自己在学术圈，尤其是大学里的进步地位。我跟父亲谈起此事时，他的第一反应竟是：我要是也能这么想，“或许并

---

① 我这本关于成年文盲及其孩子的书名为《目不识丁的美国人》(*Illiterate America*)(纽约：双日出版社出版，1985年)。

非坏事”。

我想，他知道我过去收到过学术圈的邀请，却随随便便就将其回绝了。不过，我们那次谈话后不久，我又收到一份真有几分吸引我的邀请。那是新英格兰某个相对独立的学术机构发来的，该职位涉及的学科领域跨越了单一部门的界限，介于“社会伦理学”和“社会公正”之间。收到邀请后不久，我去那儿做了一次讲座。突如其来的轻松感让我觉得，要是把这个消息告诉父亲，他说不定会很高兴。于是，我径直驱车去了波士顿，与他分享这个好消息。

然而，抵达公寓开始向父亲讲述此事时，我却矛盾起来。一方面，这个邀请是个很擅长社交的男人发出的。我知道，他并不期待，也不想让我放弃自己的信念。因此，乍看之下，那样的社会氛围或许正是我需要的工作环境。

“这个老机构需要一些变革，”他说，“老实说，我觉得您或许可以帮助我……”

另一方面，因为已经见过那些我或许会在其中任教的班级，我对父亲说，在未来20年的教学生涯中，都教那些幸运的年轻人，而非前些年我教过的那些本无缘教育的孩子们，并不会让我觉得非常舒服。

父亲犹豫了片刻，思考该如何回应。他紧扣双手，若有所思地看着我。我跟他提起曾在罗克斯伯里教过的一名男孩。我想，他应该还记得那个极其不幸的孩子。他叫斯蒂芬，不仅常在课堂上自言自语，还得定期接受竹鞭的鞭笞。[1]1965年，在城中的“黑人学校”，人们依然接受用浸过醋的竹鞭打孩子这种惩罚方式。进入青春期后，他成了一个满腔愤懑、充满报复心理的少年。他因犯下一桩残暴罪行而锒铛入狱时，我父亲曾为了他做过一番努力。

我对父亲说，我不想抛弃像斯蒂芬这样的孩子，也不想离开众多我已熟悉的城市贫民区的孩子。这就好比能触及那些更有特权、更有优势之人良心边缘的社会范例，实在太多太多。至少，从某种程度上来说，它们都取决于我见过的那些不公平现象。当然，我写过与斯蒂芬、他的同学和生活在他那个社区里的其他人，但我也在黑人社区居住过，并为那些家庭服务过。我想，在那里观察到的视角更利于我的写作。对于我来说，在一个富裕的社区教书、生活，将是一个重大的改变。我已经说过，我相信其他拥有类似经历的人可以跨越贫富这两个极端优雅转身，既不会觉得有悖自己的忠诚，也不会感到任何情感上的缺失。但我没法保证自己也能完成这种跨越；或者说，我甚

① 我在《夭折》(*Death at an Early Age*)(纽约：双日出版社，1985年)一书中，描写了这个孩子和班里的其他孩子。

至无法确定，这对我来说是否是个值得一试的好点子。[①]

此时此刻，便是我最感激父亲的时刻之一。他耐心地听完我的讲述，但最终说出来的话却让我大吃一惊。

“不要接受这个职位！”他说，“它不适合你。你说起那些在学术圈谋求职位的朋友时，我就趁机想了想这个问题。”

此刻，他告诉我，他很后悔自己当时草率的回应。他说，我向他描述的这份邀请颇有几分“谄媚之意”，所以他可以理解为何我一开始会被它吸引。但他接着又补充了一句，说发现我深思熟虑后的想法，才更像是他儿子会有的想法。

“从某种意义上来说，这个职位会‘逼死你’。如果你真的接受了它，我不认为你真能过上太平日子。”

父亲说，我们之前那次谈话后，他就跟母亲提起了我忧心出版和可能回到学术圈的事。此外，他还说如果我愿意，应该跟她也谈谈这些事，然后我就会发现，母亲的意见跟他是一致的。

“我们并不认为你需要追求安慰。我们认为，未来几年你一

---

① 现在回头来看，我很奇怪，为什么我会觉得一旦做出进入学术圈的决定、一旦跨越那条社会阶级的界限，就会失去某些自己珍视的东西。数百名做出类似决定的活动家依然在忠诚地为低收入家庭的孩子及其父母谋福利，甚至成为更有效力的倡导者。因为，他们已经拥有的学者身份或许能让他们显得更加可靠。我想，归根结底，应该是某种生理和情感上的优势让我最终止步不前。我在城里的同一个社区，继续生活了将近 18 年。

样会过得很好。”

即便里根先生仍执掌白宫，他还是继续说道：“肯定会有很多人，反对他那种肤浅和卑鄙的政策。他当选总统时，美国每个体面而有良知的人都还活着。”

而且他还说，无论我的助手说了什么，他都相信，肯定还有很多出版商会对我计划中的这本书感兴趣。

“我也非常肯定，你会发现，你的读者依然都在——也许现在分散了，也许他们已经变得非常沉默，也许出于某种原因，他们藏进了某些夹缝里……但我相信，他们依然都在。”

他从椅子上站起身来。他本来是坐在办公桌前的，此刻却跨过房间，从用餐区的餐具柜里拿来一个烟灰缸。我想，我应该提过，父亲喜欢抽烟斗。餐具柜旁边有个带皮套的烟盒保湿器。他装好烟斗，将它点了起来。

“你描述的这个好职位，很可能成为你的阻碍。你放弃罗德奖学金、决定离开牛津时，你身上的某样东西就已经在抵制这种生活。你知道，我当时非常不满你这么做。我简直想立刻飞过去把你拽回学校，却被你母亲拦下了。我认为你根本不知道自己在做什么；或者说，就算你知道，我也不认为你能承受住那个结果。但我错了……”

他站在一扇窗前，边深深地抽着烟斗，边凝望着河对岸剑桥这边大学城的天际线。他喜欢那些昂贵的混合烟丝腾起的袅袅烟雾。此刻，这些烟雾不断升腾，已经将他笼罩了起来。他停顿了片刻，才又开口道：“我想，我从没有就这件事跟你说这么多话。但我非常高兴，你坚持了自己的选择。如今，冒了这么多险之后，我不想看到你踏上回头路。我希望，你能继续前行。”

我站在门边穿外套时，他又用往日那种威严十足的声音对我说了句：“你一定会好起来的！”接着，他拍了拍我的肩膀，“顺便说一句，如果可以的话，换掉那名助手吧。听起来，他并不像你的朋友。”

我遵循了他的建议。几周后，我给一位更优秀，也更值得尊敬的出版经纪人打去电话。从那以后，这个名叫林恩·内斯比特的人便一直都是我的经纪人。一个月后，她为我正在构思的那本书寄来一份合同。该书于 1985 年正式出版后，吸引了一大批读者。我想，这本书应该有助于提高人们对那些只受过低等教育，或因没受过教育，所以不具备阅读能力的人的关注。此外，该书也给我带来了足以维持两年生活的收益。之后，我再次安下心来，继续写作更多的书。对我来说，最重要的素材当然是孩子们，以及他们的学校生活。

父亲给我那条建议后不到 7 年的时间，他便开始在谈话中忘事、记不起他试图描述的人或地点的名字。不久之后，他替我母亲和他自己做决定时的那种自信感也明显开始减弱。

从那时候起，我们之前的权势平衡开始出现变化。他开始偶尔询问我的意见；写文章时，即便他拿给我看的东西依然十分老练（我觉得，其中某些甚至还极具原创性），但他若觉得某处拿不定主意，还是会望向我，寻求保证。作为一个有思想的人和一名知识分子，他也像其他那些进入晚年后的人一样，往往并不想简单地重构已经写过的论点或过去已经得出的结论。事实上，他写的某些文章中，不仅毋庸置疑地体现出了他思想方面的进步，也体现出他有足够的胆量，说出某个自他写作以来最具煽动性的新观点。

这些文章最引人瞩目的观点之一是：努力完善他早年曾从伦理角度接受的那些角色，并从一名精神病学家的角度出发，评价某种或许会被传统观念视为有悖于公民秩序的不同意见。文章一开篇，他便明确区分了病态行为（或称“非理性破坏性行为”）和他称之为会导致社会不公的“有原则抵抗性行为”。他注意到：“自古以来，压抑引起的愤怒都被视为一种正当的行为。”“因别无选择而陷入绝境时”，即便由此爆发明显的暴力行为，也是“可以容忍，甚至受欢迎的”。

文章继续写道：无论在美国，还是别的地方，“尽管抗议者们或许会被某些机构视为危险分子”，他仍不会将危险犯罪行为等同于“当代社会的规劝模式”。提到那些“对彼此充满同情和怜悯之心，其行为动机从本质上来说都是无私的人”，父亲总是满怀敬意；与此相反的动机，则是一种“自私自利”、源自人格失常下病态怒气的行事动机。阅读这篇文章，看到他如此动情地说起“有原则的抵抗”，真是令我感触颇深。对我来说，这篇文章并非对其早年信念的全盘否定，而是一种大胆修正。

给我看过那篇文章约一星期后，父亲又给我寄来一份影印文件。那是 18 世纪某位意大利哲学家写的一篇文章，上面还有一则伏尔泰写的名为《犯罪与刑罚》的评论。这是他在医学院著名的康特威图书馆里找到的文章。他努力构思自己的写作时，经常在里面一待就是几个小时。他说，这篇文章虽然跟他正在构思的东西无关，他却觉得，我或许会对其中的某段话感兴趣。

那段话是这样写的：“最终，预防犯罪最可靠的方法，是完善教育系统。但这是……一个目标。要是容我大胆宣布，这是个与政府本质联系密切的目标，并将一直保持空白……”父亲说：“我觉得，你或许想在你的某场讲座上引用这段话。”他把那句“并将一直保持空白”圈了出来。我们之间这种令人愉快的互动还会持续一段时间。

然而，仅仅第二年，我便被迫发现，父亲表现出了一种强烈的不安全感。例如，我一些微不足道的帮助会让他感激涕零。我开始尽力调和他与母亲之间日益紧张的关系，也竭尽所能帮助他整理各类笔记和文章。我发现他的办公桌上堆了很多未写完的文章，便建议他用回形针按主题将其分类。这样即使第二天一早继续写作，他也不会觉得不知所措。

“亲爱的乔纳森，”之后不久，他便写来回信，“你的到来给我和你母亲带来的帮助比你料想的还多。你的指导（指的是我调解他跟我母亲吵架的事）和建议真好，我已经分门别类地重新规划了工作区，并整理了办公桌上那堆引起你注意的混乱物品。在你的鼓励下，我真的开始收拾东西，并取得了长足的进步。现在，我真是备受鼓舞。我一定会保持下去，并不断向你汇报的……”

不过，那种备受鼓舞的感觉显然还很脆弱。1991 年秋，有人邀请他参加因 12 月第一周罗马爆发的那一系列恐怖主义活动而召开的一次集会。可是，日益恶化的记忆力，让他一连数周都优柔寡断地难以做出最终抉择。

“焦虑真是太可怕了。”10 月，他在给我的一封信里写道。

如今，我才发现，如此短的一封信，他却在信封上多贴了一倍的邮票。而且，我的地址是用加粗的大写字母写的，街道名和邮编下还用很粗的黑色记号笔打上了下画线。

从这封信可以看出，这场邀请他出席的集会，显然已经让他陷入混乱的自我怀疑情绪中。他知道，很多欧洲同行也会出席会议。一读完他的这封来信，我立刻拨通电话，问他是否可以把演讲稿复印一份给我看看。听到他说要是我俩能坐下来一起通读一遍，或许能让他有所启发时，我立刻驱车直奔波士顿。我抵达之时，他已经准备好演讲稿了。

演讲稿主要从精神病学领域分析某个人的性格特征。这个人为达到某项政治意图，准备通过参加一项诸如劫机之类的暴力行动，将自己或许还有他人的生命置于危险境地。

“反社会的暴力行为，”他这样开头道，“经常涉及一种会模糊自我与他人、侵略者与受害者界限的鉴别特征。”

他推测，这类行为中，侵略者的行为似乎有一种幽灵般的自我牺牲特质。接着，他通过假设这种情况或许有时会带来某种“自我标榜”或“神学维度”的特质，来详细阐述了这种“自我牺牲特质”。

和他之前给我看的那篇文章一样，他再次区分了这种行为与某些暴力行为。（从某些角度来看，这些暴力行为或许会被视为在遭受到压力的情况下，人类会有的理性反应。）与此同时，他也十分清楚地表明：这么说并非纵容恐怖主义活动。他承认了一个微妙的事实：恐怖行为不能总是被视为病理学上的行为

（比如，他举了“美国奴隶叛乱的例子”来说明这个问题）。尽管这种观点几乎总是会遭到人们愤怒的抗议，历史学家们还是常常将其视为勇敢的英雄行为。

读完演讲稿后，我立刻告诉父亲，觉得他写得非常棒。我说，就算只是提提“幽灵般的自我牺牲特质”，罗马的那些与会者们肯定也会大感兴趣。应他的要求，我标出了一些重复的地方，在三四个地方加了些过渡语，并建议他重新调整了某些段落的顺序。

6周后，他和母亲飞往意大利赴会。我想，就算他仍时不时地与出错的记忆抗争，他应该也能不着痕迹地应付自如，或如往常一样，机敏地掩饰过去。如我所料，他在演讲后做了一些注释，其他与会者们的反应，让他得到了期望中的满足感。

会后，他和母亲延长了行期。在两人这最后一次的共同旅行中，他们从佛罗伦萨一路玩到阿西西。接着，为了庆祝母亲的生日（当月5号，是母亲88岁生日），他们还特地去了从未去过的威尼斯，与父亲一位来自多伦多的同僚，以及两人在罗马邂逅的一名年轻意大利医生共度了好几天。

在格里提宫——两人于威尼斯入住的酒店，父亲用信纸给母亲写下了充满柔情的爱语。我想，他们在意大利多待的那几周，算是父亲晚年就他们多年婚姻生活中，多次让母亲忧心难过而努力做出的补偿。

“我想让你知道，我一直都深爱着你，并很感激你对我的耐心。在其他人都对我灰心丧气时，只有你，认同我想成为一名医生的渴望。你引导我、关心我这么多年，真是让我非常感激……”

然而，即便两人在威尼斯的那会儿，父亲在与陌生人交朋友时一贯的优雅和机智，似乎还是在一次晚宴上引起邻座一位迷人女士的关注。我想，那位女士肯定被他折服了，而我母亲则似乎觉得，她虽然对他感兴趣，但他对她的回应却殷勤得过了头。

“哈里，在你这个年纪，”回家后，她在给他的一封信（他们经常在厨房里给彼此留信，把写好的信靠在咖啡壶上）里这样写道，“还关注那种女人，简直应该感到羞愧。”

母亲用了个已经过时的字眼来形容那位女士——“那种荡妇”。好在那事也就到此为止。父亲自然向母亲道歉，说很遗憾伤害到了她的感情。

他们返回波士顿6个月后，父亲拉我坐下，开始了那场他已经用录音机录下的对话。那场对话中，他向我描述了自己刚刚遭遇的“感觉思维被截断”（即“意识受到干扰”）的经历，以及可能的成因。又过了18个月，他才接受了自己以前那名学生的诊治，最终确诊病情。

两年后，他的主治医生（也是跟他有30多年交情的好友）写信给他的律师：“因为高龄和丧失精神上的行为能力，哈里已经无法处理他自己的各项事务。”[①]那年6月，父亲出了那场事故后便住进了疗养院。我们父子之间的关系天平也发生了倾斜。以前，父亲用他的能力、判断力和威信，帮助我度过职业生涯中某些最不稳定的时期；在接下来的数年里，却变成我用自己的能力和判断力来保护他。如今，我的任务已经基本完成。

从那时起，无论我想起任何早期的分歧，或我们父子很久以前的紧张关系，我都会尽力彻底摆脱它们；相反，我会着重回忆那些最美好的记忆。我发现，自己会满足地想起在缅因湖上度过的那些早晨。想起那些看见湖面泛起涟漪就以为鱼儿咬钩的情景；也会想起他带着我，匆匆赶去诊治病人的那天晚上，我会再次打开他的医疗包，将那把音叉或那捆木喉棒握在手中；我也会想起（也许，只是我最愉快的一段回忆）他将我抱上病床，并把听诊器挂到我脖子上，让我假装他“首席助理”的事。我为父亲而骄傲，并为有这样的父亲充满感激。此外，他那给

① 主治医生为其确诊的事发生在1996年2月。值得注意的是，直到4月25日父亲都还给我写信，说希望能再带母亲去一次欧洲；6周后，他便住进了疗养院。

母亲带来过伤害，也许并不完美，却从未停止过的爱，虽然最初让我心生怨恨，但终究还是令我感激。以上种种，都是我想牢牢守护的记忆。

自我俯身在父亲床前，将耳朵贴到他胸口，听他临终前最后的呼吸那晚，已经过去快 7 年了。但即便现在，我也觉得为了记住他这个人，我有义务回顾他那有时动荡不安，又无比复杂的一生。而且，回忆结束后，我依然满脑子都是昔日的记忆。

埋葬父亲那天，那种我们依然在路上的感觉并没有立刻消失。对任何人来说，一段同行 72 年的经历都不算短了。寒冷的 11 月夜晚，我每每陷入沉思、担心工作中的某些问题或可能出现的个人失误时，我都会到家周围的乡间小路上散散步。此时此刻，我喜欢想象他还拄着那根老拐杖陪在我身边，就他人生活中无法预料之事，以及意想不到的纠葛转折，发表一些有趣的评论。

或许，在接下来的数年里，依然有他陪伴的这种感觉会渐渐消散（它的确很可能消散），但父亲和我那慈祥的母亲留给我的某些东西，一定会永远陪着我。即便他们的音容笑貌和他们人生中那些鲜活的细节，都将随着时间的流逝逐渐模糊，但我相信，父母留给我们的某些祝福，不会因为死亡而结束。

The Theft of Memory

致谢

写作本书的过程中，很多温和而耐心的人给予我鼓励，帮助我将其完成。我要特别感谢卡罗琳·加尔芬、凯茜·施沃纳、埃米·恩索特、梅拉妮·哈里斯、朱莉娅·巴纳德、杰西·鲁宾斯坦、丹尼尔·奥·利里、莉萨·罗森鲍姆医生、简·迪米安·埃伦费尔德、阿瑞拉·周，以及我的编辑多梅尼卡·阿利奥托和道格·佩珀。我也要感谢爱德华·拉贝医生、吉姆·罗塞托医生、埃米莉·科斯昆医生、迈克尔·约翰逊医生和劳伦斯·哈特曼医生——正是他们帮助审定此书部分章节，修正并明确了部分医学和神经医学领域的问题与相关流程的表述。

我还要特别感谢我的密友兼助手瓦妮莎·克拉辛斯基和莉莉·琼斯。莉莉完成了本书的绝大部分调查工作，帮助我整理了数百份父亲的文件，并参照任何能找到的已出版文件，核对父亲留下的那些回忆。本书进入收尾阶段后，瓦妮莎几乎不辞辛劳地承担了各个方面的工作。我非常感谢她们这般坚持不懈的努力。

我也很感谢尤金·奥尼尔的曾孙女、极有天赋的舞台剧演员——奥雷利娅·蒂埃雷。在我写作前十二章期间，她阅读了本书，将自己与我父母的会面经历告诉了我。此外，我们有幸见面后，她还帮助我确认了母亲对她家那段回忆的真实性。

在我父母晚年，对给予他们莫大安慰的那些人（朱莉娅·沃克、西尔维娅·加西亚、安杰拉和亚历杭德罗·戈麦斯，以及那名被我称为露辛达的护士），我已做过详细描述。但还有一些人，我不是未曾提起，只是匆匆一笔带过。

我父亲弟弟的女儿琳达·希勒便是其中之一。父亲在世的最后几年里，她对他的精神支持和善意从未动摇过。还有一位名叫迈克尔·迈耶的马萨诸塞州大学助教。他深受父亲写作的影响，有时会帮助他搞研究，还常常到公寓过夜，帮助缓解父亲和母亲之间的紧张关系。还有一位来自尼泊尔的学生。父亲待在疗养院期间，他一直忠诚地从艾摩斯特市驱车前来陪伴他，并如亚历杭德罗般，尤其擅长与父亲建立起一种智力上的交流。他不仅很快成为父亲圈内的好友，也成为不断给他生活带来温暖的人之一。我真希望自己有机会更详细地聊聊这些人。

我还要简单提提我的姐姐。地理上的距离成了制约她的主要原因。正如我之前提到的那样，她已经于40年前移居中西部地区，因此无法每天都陪在父母身边，观察他们日益变化的生活，或在需要于短时间内做决定时积极参与。另一个原因其实说来很狭隘，却是本书的中心所在。采用某种类似隧道视觉，或称“部分封闭镜头”的写法，是我写作本书的缺陷之一。我选择写作那些直接体现了我们父子共度生活的片段，摒弃了其他或许非常重要，却相对来说算是父亲其他方面生活的素材。

我常常描述跟父亲在一起的感觉，仿佛我跟他独处了很长一段时间似的。从他坐下来，第一次自信地跟我描述他发病的早期症状，以及后来我们共同努力，弄清他的困惑、补全他未说完的句子和越来越支离破碎的记忆时，这种感觉变得更加强烈。

其实，我们都并非孤身一人。母亲直到去世前一年，都一直意志坚强，并大多数时候都头脑清醒地陪在我们身边。每年，我姐姐都至少来波士顿两次（并经常超过这个次数），花时间去疗养院和公寓陪父母。她那两个都定居在新英格兰的孩子也经常来波士顿。她的大女儿乔迪住在马萨诸塞州，与我父亲感情很好。数年间，她几乎每月都要来看他一次。此外，父亲在麻省总医院病逝那晚，她也尽力赶来波士顿，但吗啡注射剂的起效速度还是比她赶来的速度更快。我很感激姐姐和她的女儿们为克服空间上的障碍所做的一切。

最后，我还要再次感谢朱莉娅·沃克。不仅感谢她给予我父母的爱，也要感谢她帮助我完善本书中的这些回忆（她记得比我更清楚），并在通读此书后纠正我的一些错误。无论是我，还是我父母，能在生活中遇到她都是一件幸事。

朱莉娅，感谢你多年来给予我们的友谊。